講談社文庫

悪道　最後の密命

森村誠一

講談社

目次——悪道　最後の密命

網《あみ》を抜ける辻斬《つじぎり》　9
どこの御家　30
無駄な影護《かげも》り　51
元海賊たちの護衛　70
大奥紊乱《びんらん》　88
六代将軍宣下《せんげ》　106

紀伊《きい》の藩風　124
気になる文書　142
江戸の風の行方《ゆくえ》　155
長屋の現人神《あらひとがみ》　172
正義と使命の間で　191
解説　成田守正　210

悪《あく》道《どう》　最後の密命

悪道——現世で悪事を犯した者が、死後、落ちて行くところ。地獄、餓鬼《がき》、畜生、阿修羅《あしゅら》の四悪道の意味。

また悪を接頭語としておおむね人名について、その人が抜群の能力、気力、体力、超常の能力を持っていることを示す。例えば悪源太《あくげんた》、悪左府《あくさふ》、悪五郎《あくごろう》など。

道は移動する旅人や物資を運ぶためにある。人や物が動かなければ道は必要ない。本書の悪道は通常の道ではなく、常に危険や、困難や、敵などと戦い、これを克服しなければ生き残れない超常の道であることを示す。

本シリーズの主役流英次郎《ながれえいじろう》は、本能寺《ほんのうじ》の変のとき、堺《さかい》に居合わせた家康《いえやす》を、浜松《はままつ》に帰還するまで敵性地を護衛した伊賀《いが》忍者の末裔《まつえい》である。

彼の許《もと》に集まった、天才女医・おそで。

累代《るいだい》、書物奉行《しよもつぶぎよう》付お調役《しらべやく》の名義に隠れての将軍影武者養成役、立村《たつむら》家の息子・道之《みちの》介《すけ》。

稀代《きたい》の剣客《けんきやく》・雨宮主膳《あまみやしゆぜん》。

幕府の秘匿《ひとく》暗殺集団猿蓑衆《さるみのしゆう》の一人、故霧雨《きりさめ》の弟・村雨《むらさめ》。

掏摸《すり》の名人で薬草に詳しい銀蔵《ぎんぞう》。

稀代の早耳、耳音《みみおと》（情報）収集役の元雲助《くもすけ》・弥《や》ノ助《すけ》。

そして、柳沢吉保《やなぎさわよしやす》から豪商紀文《きぶん》（紀伊国屋文左衛門《きのくにやぶんざえもん》）に身辺世話人として下し遣《つか》わされた後、一統に加わったイルカ使いで糸刃《いとば》の遣い手、変装の名人でもある絶世の偽装美女・貴和《きわ》。

弥ノ助の馬で、圧倒的な疾足《しつそく》を誇るかさね。

以上の八人と一頭が、五代将軍綱吉《つなよし》の急死後に影武者として就任、驚異的な名君ぶりを発揮して幕府の主権を柳沢吉保から取り返した影《かげ》（影将軍）の隠れた護衛役となって、天下の大変に立ち向かう使命を担う。

そして今、またしてもお膝元《ひざもと》に潜伏するかつてない殺気が天下の泰平《たいへい》を脅《おびや》かそうとしていた。

網《あみ》を抜ける辻斬《つじぎり》

元禄《げんろく》が終わり、時代は早い速度で下っている。

江戸期、武断政治から文治《ぶんち》主義に切り替わり、清新の気漲《みなぎ》る最良の時代とされた元禄は、爛熟《らんじゅく》しつつ、いつの間にか遠い昔となっていた。

その間、制度・礼式は整備され、幕府の中央集権は決定的となっていた。士・農・工・商の四民中、経済力を強化した商人は、支配者の武士を圧倒しつつあった。

武士は経済力の強い商人の前で次第に武士の魂を失い、形式的、虚飾的になっていった。赤穂《あこう》浪士の主君の仇《あだ》を報ずる討ち入りによって、武士の魂だけはいっとき目を覚ましたようになったが、元禄の熱が冷めるとともに元の木阿弥《もくあみ》以下の存在となり、いよいよ商人の前に膝《ひざ》を屈するようになった。

本来、武都であった江戸は、家康が幕府を開くと諸国から四民が集まり、歴代の将軍を経る中で天下泰平の世となり、戦場は平和な街角に変わっていった。

幕府は中央集権を強化するために大名を取《と》り潰《つぶ》し、主家を失った武士は浪人（失業武士）となり、江戸に職を求めて集まって来た。そして、江戸に人が集まれば集まるほど、戦《いくさ》の出番を失った武士たちは支配階級から消費者階級に転落した。

地方から集まった浪人たちは、今で言うホームレスになり、悪事に走り、形式を重んじるばかりの直参《じきさん》の旗本や御家人《ごけにん》（御目見《おめみえ》以下の者）は商人からの借金で首が回らなくなっていた。

花の元禄は遠ざかったものの、経済力で、退嬰《たいえい》した武士を圧倒した商人が台頭して、文化は江戸に集中し、商人がばらまく金によって、華やかな江戸の情緒は濃厚になった。

拡大した江戸の町では、国内の主要都市には見られない改革が進められた。特に、明暦《めいれき》三年（一六五七）正月の大火後、大規模な都市計画を踏まえて耐火整備が施され、進化した。

町地と化した江戸は八百八町《はっぴゃくやちょう》と言われ、元禄の花季時代にもまして、下々の町人が江戸情緒を練り上げていった。

江戸情緒の主役は、紛《まぎ》れもなく町人であった。貧乏ではあっても自由であり、形式や前例や規則などの束縛は弱い。

食生活ひとつを取っても、定められたものしか食べられない武家や、僧侶や、宮司《ぐうじ》や、お店者《たなもの》（店員）などよりも、はるかに美味《うま》い豊富なものを食している。早朝の浅《あさ》蜊《り》やしじみ売り、納豆《なっとう》売り、季節の惣菜《そうざい》や煮物、筍《たけのこ》、野菜、魚河岸《うおがし》から直行する活きのよい《とれとれの》魚など、棒手振《ぼてふ》り（行商）が天秤棒《てんびんぼう》で担いで運んで来る。

これらの行商人が市中の長屋にまわってくる時間は定まっているので、彼らの訪問を、一日の生活時間の拠《よ》り所《どころ》にしている。

行商人がおおかた町筋《まちすじ》から姿を消す頃、外で働く出職《でしょく》の亭主が帰宅する。自宅で仕事をする居職《いじょく》も、その日の仕事を切り上げる。つまり、長屋の住人のほうが自由に恵まれている。

すでに百万に近づきつつある江戸の人口中、おおまかな調査によれば、町地人口が四十万～五十万、寺社地人口は五万～七万、残りが帳外者と称《よ》ばれる、つまり浮浪者や浪人を加えた、江戸詰め（江戸常勤）の武家人口である。

居住地の面積比は、武家地と寺社地が合わせて八割四分、残り一割六分の土地に町人が押し込まれている。

このような途方もない比率の中で、町人は天下泰平の自由を謳歌《おうか》していた。

なめくじ長屋と称ばれるほど日当たりが悪く、湿度が高い、非衛生的な生活環境での暮らしではあるが、失うものはなにもない。毎日美味いものを食い、年貢（課税）はなく、自由と平和に恵まれ、江戸名物の火災に遭《あ》えば、身ひとつで逃げればよい。家族がいても落ち合う場所を決めている。むしろ火災は町人に仕事を与えて、懐《ふところ》を温かくした。

高級武士が支配者としてどんなに威張《いば》っていても、江戸の文化を生み出す主体にはなれない。

日本の歴史を通して、約二百六十年にわたる江戸時代ほど人間臭い時代はない。その人間臭さの源は町人であった。

武士の形式が町人の自由を上まわっていたら、江戸はつまらない町になっていたにちがいない。

五《ご》右衛《え》門《もん》の復讐《ふくしゅう》を蹴散《けち》らした後、影将軍から徳川《とくがわ》家安泰のために、紀州《きしゅう》家第五代の藩主吉宗《よしむね》の陰伴《かげとも》を命じられたが、その後、流英次郎一統の鋭い五感に触れるものはなかった。

江戸に一時期滞在していた吉宗が紀州に帰国して、陰伴の必要もなくなった。

一統は〝仕事〟を失った後、退屈もせず、江戸の情緒を楽しんでいた。

これまでは、天下泰平の下に隠れていた、反幕府勢力や外様《とざま》大名などの密かな蠢動《しゅんどう》を感じたが、今はその気配すら感じられない。

英次郎以下、一統八名に加えて一頭が、本物の泰平を楽しんでいる。

中でも、文書調べ役の天才・道之介は、限りない自由時間を惜しみなく遊里《ゆうり》通いに使っていた。彼によると女性《にょしょう》は、自由と泰平の中にあってこそ最も艶《あで》やかな色光を発するのだという。

おそでは、今や大奥の主治医であると同時に、手当て所において診察代や薬代を払えない貧しい患者の治療にあたり、四民から女神のように尊崇《そんすう》されていた。

体がいくつあっても足りないほどに忙《せわ》しい身であったが、ちさが一人前の医師となり、おそでに代わって多くの患者を担当してくれるようになった。

薬草に詳しい銀蔵が、天性の早耳と嗅覚《きゅうかく》の持ち主・弥ノ助とともに、駿足を誇るかさねに跨《また》がり、薬草を集めた。

稀代の剣客・雨宮主膳は、道場を開いて、本来戦場で殺し合う技としての剣術を、茶道や花道のように、自らを美しく律する道として教えた。

絶世の偽装美女・貴和は、おそでの護衛を務めていて、主膳の運営する道場に現われては、武士以下四民たちの憧憬《しょうけい》の的《まと》となっている。

英次郎は一統がそれぞれの自由と泰平を享受している姿を横目にしながら、一人で江戸市中の名所旧蹟《きゅうせき》を、風雅の杖《つえ》を曳《ひ》くように、満喫していた。

影将軍の呼び出しはなく、秘密の命令も下されない日々がつづいている。

天下の泰平はあたかも、英次郎一統のためにあるような気がしていた。

英次郎は鶏鳴《けいめい》と同時に目を覚まし、朝靄《あさもや》の屯《たむろ》する江戸の町を歩くのが好きであった。朝靄の中で行商人はすでに動いており、各町内を構成する長屋に朝食の食材を届けている。

江戸に膨大な日常の生活品を運ぶ動脈は、江戸とその近隣を結ぶ水運である。

江戸の町の川岸や、両岸を結ぶ数本の橋の上に立てば、水面《みなも》に静かに揺れている朝靄の彼方《かなた》から、各種の運搬船が、薄い白布を分けるように下って来るのが見える。

橋や、川岸は、英次郎にとって欠かせない早朝の見物台であり、一度限りの人生にとって最も大切な癒《いや》しの場であった。

朝靄が晴れ、運搬船が下る彼方の対岸が見えるようになると、朝寝坊の町人たちがようやく起き出してくる。登城する高級武士たちはすでに朝飯を食して、廓内《かくない》に入っている。

参勤交代で上府中の大名の登城行列は、まだ動き出していない。

居職《いじよく》の町人はまだ寝床に入っているが、出職《でしよく》の町人は、行きつけの一膳飯屋で朝食を食い始めている。

江戸の朝靄は、京《みやこ》や他の主要都市の朝靄とはちがう。どこがちがうかと言えば、江戸の市中がまだ朝靄に隠されている中で住人が確実に動き始めているのに対して、ほかの諸都市は四民のほとんどがまだ動かない。

朝靄の下で動く理由は少ないからだ。

太陽が昇ると、江戸の町を覆っていたミステリアスな風光は消え、江戸っ子の賑《にぎ》やかな朝の挨拶《あいさつ》によって一日が始まる。

江戸見物の観光客がぞろぞろと、諸大名の登城行列を見に集まって来る。

平凡な風景であり、幕末、時の大老が桜田門《さくらだもん》の前で、わずか十数名の脱藩浪士によって暗殺されるような事態は、夢にもおもえない時代である。

彼方には、優美な不二（富士山）の山影が、美しい幻影のように見える。

不二の山影が見えなくなっても、地平線や水平線が青く霞《かす》んでいる。

町家の瓦《かわら》が海のようにつづき、江戸城を中心にして諸大名の上屋敷が建ち並び、さらに中屋敷や下屋敷が江戸市中に鏤《ちりば》められている。

関《せき》ヶ原《はら》の戦いからは百年が経《た》って、諸藩は、幕府の前に膝を屈して忠誠を誓っている。

最早《もはや》、心の内奥《ないおう》に叛意《はんい》を隠している者はいない。

一片でも叛意を見せれば、幕府が統治する全国を相手にしなければならない。

戦国時代、諸国の大名は覇権を狙って血を流したが、徳川家康によって統一され、平和という圧力に捩《ね》じ伏《ふ》せられて、敵意（抵抗力）をほとんど完全に失った。商人の台頭も加わり、幕府に服従して平和の恩恵に与《あずか》る道を選んだ。

戦がなければ出番のない武士は、幕府の覇権と商人の経済力に、安住するようになったのである。

消費者階級に落ちた大名たちは、商人からの借金に頼って藩を運営するようになっている。

中央の幕府すら予算が膨れ上がり、破綻《はたん》しかけた財政を、悪貨に改鋳《かいちゅう》することで、立て直そうとしている。

幕府がこの体《てい》たらくであるから、大名たちは「大名貸《だいみょうがし》」と称ばれる、特定の商人業者の商人に頭が上がらず、金を借り、大名としての体面を維持していた。当然、金融業者（富商）を御用達《ごようたし》として、頭が上がらなくなる。

士風が廃《すた》れれば廃れるほど武士の権威は落ち、財政が苦しくなればなるほど商人に頭が上がらず、そうなれば、まして戦を起こす余裕など生まれようもない。

諸大名の財政は苦しくなる一方で、金融業者と大名の関係がますます限定されてきた。

「お断り」「踏み倒し」などによる貸し渋りが諸藩の軍事力を弱め、戦を遠ざけたのは皮肉であった。

しかし、天下泰平の光の部分は、影の部分も伴っていた。

五代綱吉の代に、旧敵外様にとどまらず、一門（徳川の家系）、譜代《ふだい》（徳川家創立時からの忠誠を誓った直臣《じきしん》）に至るまで、四十五家が改易《かいえき》され、御家断絶にともなう膨大な浪人の発生が、不穏な気配を孕《はら》んでいた。

急死した綱吉の跡を影武者として継いだ影将軍は、大小名の改易を減らし、不穏な気配を取り除こうとはしたが、それで江戸に溢《あふ》れた浪人の数が減るわけではない。

影将軍はそれら浪人たちが糊口《ここう》をしのぐためにも、経済力の台頭を見かけだけに終わらせない施策を打ち出していた。

一方で、経済的支配権を握った富商たちは金と暇を持て余し、武士を尻目に遊び呆《ほう》けている。

江戸は、自由に恵まれた江戸っ子たちの浮き立つ坩堝《るつぼ》になっている。

だが、江戸の町人たちが浮き立つその坩堝に、主家を取り潰された浪人たちが流れ込み、奥に闇をつくっていた。闇の奥は見えない。

金と暇を持て余している気楽な富商たちは、そんな闇さえも道具にして遊び呆けている。江戸の闇は華やかさのアクセントになるからであった。

英次郎一統も、命を懸けて活躍する機会がなくなっていた。

主《あるじ》から馘首《かくしゅ》されたわけではなく、出番はなくとも手当てはちゃんとあてがわれている。金と暇が十分にある人生になっていた。

英次郎にとって、江戸の名所や史蹟を訪ね、祭礼や市など四季折々を彩る年中行事を一人で楽しむなどという体験は、人生で初めてであった。

一統が時折顔を合わせても、話題はどう暇つぶしをしているかということばかりだった。

「たまには岡場所《おかばしょ》（私娼窟《ししょうくつ》）や吉原《よしわら》に遊びに行ってはどうか」

と、立村道之介から誘われても、英次郎はそんな気にならない。

「だったら少しは、おそでさんを可愛がってやれ。おそでさんもいい年頃だ。放りだしておくと盗まれるぞ」

「おそでは、そんな女性ではない。余計な世話というものだ」

江戸の遊び場という遊び場を遊び尽くした道之介が、にやりと笑った。

言い返すと、道之介は、

「おそでさんは、あんた以外の男に盗まれるような女性ではない。だから、いいかげんになんとかしてやれと言っているのだ」

「それこそ余計な世話というものよ。おそでは忙しい。俺と遊んでいるような暇はないわな」

「ほう。遊ぶ暇はなくとも、お主と時間を共有することはできる。毎日、市中をぶらぶら歩きまわっているようだが、それほど暇であれば、忙しいおそでさんに時間を分けてやれ。なんだったら俺の時間を分けてやってもよいぞ」

「なにを惚《とぼ》けたことを言うか。俺は俺なりに忙しい。おそでに分けてやる時間はない」

「恐れ入谷《いりや》の鬼子母神《きしもじん》。忙しないことだね」

二人の間で交わされるそんな会話を、居合わせた一統の仲間たちが笑った。

一統中のただ一頭、かさねがヒヒンと嘶《いなな》いて、英次郎に近づき前足を折った。（自分を供に連れて行け）という意味である。

「ほらみろ、かさねまでが、おいしい時間を分け合おうと言ってるぜ」

道之介が言葉を追加したので、わっと声が上がった。

火事の起こりやすい〝火季《かき》〟は終わり、また春がめぐってきた。最も暮らしやすく、花の香りに包まれる江戸は、その本領を発揮したように居心地がよくなる。

だが、天下泰平が持続する間に、魔手が密かに伸びつつあった。四民は油断していた。江戸の安全を護《まも》る町奉行所の役人たちも、お膝元に潜む悪魔に気づかずにいた。

夕陽が山の端に沈みゆき、西の空が赤々と染まると、江戸の町に江戸湾の方角から薄墨のような夕闇が這《は》い寄って来る。

地上に積み重なっていく夕闇が、今日一日街角から街角へ忙しなく動きまわっていた江戸っ子に店仕舞いのときを知らせる。各町内の長屋では女房や家族たちが夕食の支度を始める。魚河岸や市場や各作業場で働いていた男たちは、それぞれの土産物《みやげ》を携えて家路を急ぐ。一日の仕事の終わりが、男たちの顔をやわらかくしている。

闇と光の美しい交替時である。闇と光の交替《トワイライト》はわずかな時間のことだが、江戸の町では残光と濃い影の入れ替わる時間が長く感じられる。

長い冬が終わり、季節の花がそれぞれの町内の、どっこい生きている人間の匂いと競《せ》り合うように香りを放散している。江戸の町の体臭と花の香りがまざって、よりよい芳香を放っているように嗅覚に触れる。

夕映えが闇にどっぷりと塗りつぶされた後は、夜の娯楽《ナイトライフ》に乏しい江戸の町は速やかに眠りに入る。夜中跳梁《ちょうりょう》する者はほとんどが悪党である。小悪党が多く、祖式弦一郎《そしきげんいちろう》率いる奉行所のおかげで、大悪党はほとんど動かない。

灯火の乏しい江戸の町の夜は、道之介の愛好する岡場所が夜の誘惑の代表となって、遊び人を呼び集めている。

夜の遊び人は、明かりに集まる羽虫のように群れている。

幕府によって何度禁じられても、江戸の夜の町と岡場所は、切っても切れない関係にある。

当時、四宿（品川《しながわ》、内藤新宿《しんじゅく》、板橋《いたばし》、千住《せんじゅ》）や江戸の各所に、岡場所と称される私娼窟があった。公許傾城《けいせい》街の吉原以外に、男の遊び場所が増えていたのである。

吉原のように金がかかる奇妙な規則や慣習は、岡場所にはない。手っ取り早く女体を味わえるので、飢えた遊冶郎《ゆうやろう》が集まって来る。

おそでと無言の約束を交わしている英次郎は、吉原や各地の岡場所に興味はないが、江戸の懐《ふところ》の深さを岡場所が見せている。奉行所の取り締まりは形だけ行なわれ、おおむね大目に見ている。

当時の江戸の町地人口は、女性が十九万余、男は約三十三万。女性一人に対して、男はその二倍近くが江戸に蠢《うごめ》いていた。しかも地方から出稼ぎに来ている男や無宿人の男は加えられておらず、それを足せば、江戸総人口に対して女性は二割にも達しない。

女ひでりであった。結婚できない男は、蓄積された性欲を晴らすために私娼窟に通い、憂《う》さを晴らしていた。

その日、暮れるまで、夕方の水平線を見たくなった英次郎は、品川宿へ散歩に来ていた。東海道の始発あるいは終着の宿場であるだけに、飯盛女《めしもりおんな》を置いた旅籠《はたご》（旅館）が百軒を超えてあり、渋皮《しぶかわ》の剝《む》けた（美形の）売女《ばいた》を買いに、旅人以外の江戸の四民も遊びに来た。

そぞろ歩きしていた英次郎は、自身番《じしんばん》（今日の交番）の近くで悲鳴のような声を聞いた。

それは英次郎の鋭敏な耳に、若い男が斬られた悲鳴として捉えられた。闘った気配はない。一方的に斬られた悲鳴である。

駆けつけた英次郎は、地面に倒れている若い男を見つけた。遠方から来る薄明かりの下に、二十代半ばと見られる男が、左肩先から袈裟懸《けさが》けに一刀のもとに斬られていた。

下手人はかなりの遣い手である。致命傷から見て、斬り慣れている。

被害者は、武士ではなく、お店者のようである。

自身番に駆け込んだ英次郎は、町内で遊里に遊びに来たらしい男が斬られて死んでいることを番人に伝えた。

番人は老人であることが多いが、ここには若い番人が住み込んでいて、英次郎とともに現場へ走り、遺体を番小屋（自身番屋）に運び込んだ。

番人は最初、英次郎が下手人かと疑った。だが、彼が見せた刀には血脂《ちあぶら》ひとつ浮かんでおらず、返り血も浴びていないので、彼の言葉を信じ、もう一人の番人を町奉行所へ走らせた。

たまたま奉行所に居合わせた祖式弦一郎が駆けつけて来て、傷口を子細に調べ、第一発見者の英次郎と同じ意見を述べた。

「懐中に一文もない。おそらく辻斬《つじぎり》にちがいない。それにしても、ただの一刀で両断している。久しぶりの辻斬でござるな」

南町《みなみまち》奉行所付同心《どうしん》、飛燕一踏流《ひえんいっとうりゅう》の遣い手である祖式弦一郎も、斬り口に舌を巻いている。

「辻斬とは、絶えて久しきことでござるの」

英次郎が言った。

辻斬は最初、武士が刀剣の切れ味を試すために、夜間、人通りの少ない路《みち》で、集金や夜遊びで遅くなった町人を斬ることを言った。

これが次第に変わって、主家を取り潰された浪人が江戸へ来ればなんとかなるだろうと集まり、物価の高い江戸で食えなくなり、夜間、町人を斬り、財布を奪った。

その辻斬が、久しぶりに現われたのである。

「これほどの腕の持ち主であれば、小さな道場でもつくり、日々の暮らしを維持できたであろうに……」

英次郎が嘆いた。

「左様《さよう》。武士は食わねど高楊枝《たかようじ》と言いますが、いかほども持っていそうにないお店者の金を奪うために、これほどの遣い手が辻斬に走ったのは、よほど飢《う》えていたのでござろう。これを切っ掛けにして、辻斬が流行《はや》らねばよいが……」

弦一郎は、長らく絶えていた辻斬が再燃しなければよいが、と、恐れているようである。

被害者の身許《みもと》を洗ったところ、田町《たまち》の商店の手代《てだい》の新助《しんすけ》とわかった。辣腕《らつわん》の手代で、店では番頭が一目《もく》も二目も置く存在であったという。一を聞いて十を知る俊敏な新助を一刀のもとに斬り殺した腕の下手人が、一度の辻斬で終わるとはおもえない。

「当面、夜間の警戒を厳重にいたしましょう」

弦一郎が宙を睨《にら》んで言った。

自身番からあまり離れていない地点で辻斬が発生したのは、奉行所を莫迦《ばか》にしていると、弦一郎は憤慨したらしい。

英次郎も、折角《せっかく》の夜間の散歩を、血腥《ちなまぐさ》い辻斬によって台無しにされてしまった。

「今後、辻斬の出そうな場所を夜間散歩する体《てい》をして、辻斬を生け捕りにしたいと存ずる」

「辻斬の防止は我らの使命でござる。危険な振る舞いは、ご遠慮くだされ」

英次郎の憤懣《ふんまん》を察知した弦一郎は、英次郎に勧告した。英次郎の天下無敵の腕前はよく知っているが、辻斬の腕を甘く見てはいけないと、それとなく警告している。

ともあれ、江戸のナイトライフは警戒を厳しくしなければならない。

下手人（敵）はいつ、どこで、襲いかかってくるか、不明である。それに対して我が方は常に緊張していなければならない。

いつでもどこでも自分にとって都合のよい時間と場所を選べる下手人より、時間と場所を問わず緊張していなければならない守備側のほうが不利である。

だが、そのハンデキャップを乗り越えて下手人を捕らえない限り、辻斬はますます増長するであろう。

英次郎と弦一郎が案じた通り、第二の辻斬が発生した。

湯島天神切通坂《ゆしまてんじんきりどおしざか》で、麴町《こうじまち》のお店者が集金の帰途、辻斬に襲われ、集めた金を一文残さず奪われた。

初回の辻斬の手口とまったく同じで、袈裟懸けに一刀のもとに斬り殺され、救いを求める一声も放つ余裕はなかったようである。

そのとき英次郎は、内藤新宿の岡場所の近くにいた。辻斬に見事に裏をかかれた形である。報《しら》せを受けた弦一郎も同じおもいであったであろう。

このたびの辻斬の被害額は、初回の新助よりもずっと大きい。集金先に問い合わせたところ、総計約五十両（約四百万〜四百五十万円）を懐中に入れていたはずであった。

同一下手人の犯行である。

町奉行所では祖式弦一郎以下総力で、辻斬の下手人を挙げるべく、厳重な警戒網を張った。

だが、奉行所を嘲笑《ちょうしょう》するかのように、辻斬は夜間、江戸市中の網を巧妙にすり抜けながら重ねられた。

商人だけではない。武士までもが、命と懐中に温めていたわずかな金を奪われていた。

中には腕におぼえのある武士が辻斬を捕らえるべく、下手人の出そうな時間と場所を選んで歩きまわり、一刀のもとに斬られた例もあった。免許皆伝《かいでん》の腕自慢が、ほとんど抵抗せぬまま斬り棄てられた。

すべての被害者が同じ手口で殺され、懐中に一文も残されていない。

腕自慢の武士も震えあがり、夜間の外出を取りやめた。

流英次郎一人が、辻斬と対決するために、下手人が現われそうな夜の江戸市中を歩きまわったが、出会えない。

祖式弦一郎も数人の手下《てか》を引き連れて夜間、市中を歩きまわったが、下手人の気配さえ感じ取れなかった。

「貴殿や、奉行所の手の者を避けているようでござる」

弦一郎が口惜《くや》しげに言った。

奉行所の手の者はともかく、英次郎まで避けるのは、影将軍の護衛である英次郎一統の素性を知っているからなのかもしれない。少なくとも、英次郎一統が強敵であることを察知しているのであろう。

「腕も立つが、頭も鋭いようでござるな」

弦一郎が英次郎を見た。

「我らの懐中が温かくないことを悟っているのでござろう」

英次郎の言葉に、弦一郎は苦笑しながら、

「そうとは限らぬであろう」

「と言われると……？」

「もしかすると、辻斬下手人に我々の面《めん》が割れているのかもしれぬ」

「我々と接した機会があれば、化けることもござろう。どちらにせよ、我々を避けているようでござる」

「ならば、我が方も化けてはいかがかな」

「なるほど。そういう手もござるな」

英次郎一統には、貴和という化ける名人がいる。

下手人が英次郎や弦一郎の顔を知っているのであれば、貴和や一統の面も割れていると考えたほうがよいのかもしれない。

英次郎と弦一郎は、同時にうなずき合った。

どこの御家

英次郎と弦一郎以下奉行所の目を無視するかのように、辻斬《つじぎり》は依然としてつづいた。恐れをなした四民たちは、夜間の外出をしなくなった。吉原をはじめ四宿以下の岡場所や、料亭や、矢場、茶店などは、火の消えたようなありさまとなった。トワイライトすら、四民は家路を急いだ。

江戸の夜は死んだ。

それでも、よんどころなく夜間の外出をしなければならない人たちは、用心棒に囲まれて出かけた。だが、用心棒も斬り伏せられ、主も斬られて懐中のものを奪われた。

用心棒の中には、刃を合わせる前に逃げ出す者もいた。用心棒を探し当て、辻斬について問うたが、闇に黒い覆面をしており、命あっての物種《ものだね》とばかり逃げ出していたので、なにもおぼえていない。

英次郎は地団駄《じだんだ》を踏み、歯ぎしりをした。

弦一郎も、同じおもいであった。奉行所の面目が立たない。獲物が恐れをなして夜間閉じこもってしまったために被害は少なくなったとはいえ、英次郎と奉行所を嘲嗤《あざわら》っているようであった。

だが、江戸の町の夜が死んでいる間に、予想もしなかった事件が発生した。

黒衣、黒覆面の武士が、両国《りようごく》橋に近い広小路《ひろこうじ》の路上で死んでいた。

早朝、納豆売りが路上の死体を発見した。腰を抜かしかけた納豆売りの後からしじみ売りが来た。路上にはまだ朝靄が屯《たむろ》している。

仰天した二人が、最寄《もよ》りの番小屋に駆け込んで異変を伝えた。

居合わせた番人が死体のそばに駆けつけ、もう一人の番人をその場に残して、奉行所に走った。

しばし絶えていた辻斬が再発したと、発見者の棒手振《ぼてふ》りや、番人はおもった。

奉行所から町廻りの同心が駆けつけ、死体を調べると流血が少なく、致命傷は心臓部を刺し通して背中に抜けていた。

被害者は若い武士であり、刀を手に握ったまま倒れていた。

いかにも屈強な、引き締まった体格の持ち主である。

死体の手に握られている剣には血は塗られていない。応戦する前に一撃のもとに刺殺されたと推測された。

奉行所から人数が駆け集まり、とりあえず死体を番小屋に運び込んだ。

同心は、遺体が新しいことから、下手人がまだ近場にいるかもしれないと見当をつけて、番小屋の屋根に設けられた火見梯子《ひのみばしご》から、火災とは異なる手配の半鐘《はんしょう》を鳴らした。

朝靄が晴れ、使いの手の者に呼ばれて、臨時廻りの祖式弦一郎が組屋敷から駆けつけてきた。

死体を一目見た弦一郎は、半端な武士ではないと断じた。切れ味鋭い業物《わざもの》を手に、相当の遣い手《つかいて》であったろうと推察される武士が、一撃で刺殺されている。

傷を子細に見たところ、刀を交えようとした直前、稲妻のように心臓部を胸部から背部に刺通され、血が飛び散る間もなかったようで、創口《きずぐち》（刺入口）とその出口（刺出口）を一直線につなぐ刺創管《しそうかん》を覆い隠していた着衣に、血はほとんど付いていない。

使われたとおもえる凶器は、近くに残されていない。

検死中、太陽の位置が高くなった。弦一郎が派遣した使者の知らせで、英次郎とおそでが相次いで駆けつけてきた。

刺創管を丁寧《ていねい》に見たおそでは、

「逡巡《しゅんじゅん》創《きず》はなく、殺害する明らかな意志で刺通しています。下手人は剣を素早く引き抜き、返り血をほとんど浴びていないでしょう」

と言った。

さらに驚くべきものが死者の懐中から発見された。財布である。それに三枚の小判が入っていたのである。

これまで武士も辻斬の被害に遭《あ》ったが、さしたる金品は持ちあわせていなかった。被害者は、少なからぬ金子《きんす》を懐中に持ち歩く町人が多かった。

その瞬間、英次郎の脳裏に連想が走り、

「もしかすると、この死体の主は、これまでの辻斬の下手人であるかもしれぬ」

と、独り言のように言った。

弦一郎が英次郎の独り言を聞きつけ、振り返った。

「私もそうおもいます」

英次郎のそばでおそでが言った。

驚くべき推測であったが、その可能性は十分にある。辻斬の下手人より一枚上手の遣い手が、辻斬を退治したとも考えられる。

これまでの辻斬の手口は一刀のもとに被害者を袈裟懸《けさが》けに斬りおろしたが、今回の下手人は電光石火のような突きの遣い手である。

つまり、このたびの下手人は〝辻斬〟斬りである。

英次郎は、洋剣士の電光石火の突きをおもい出した。

槍《やり》のような洋剣、両刃を立てた諸刃《もろは》の剣《つるぎ》、刺突斬撃《しとつざんげき》自由自在の恐るべき凶器を操る辻斬が、最初の辻斬を退治したのではないのか。

ふと走った連想が、死の急坂《きゆうはん》を転がり落ちながら、貴和や一統の助勢によって、かろうじて敵を討ち取った場面を甦《よみがえ》らせた。

あのときの洋剣士に優るとも劣らぬ、新たな剣客が現われた、とおもった。

これほどの剣客が、江戸の辻斬を退治してくれたのであればよいが、英次郎は不吉な胸騒ぎをおぼえた。新しい辻斬が、前の辻斬に取って代わったのではないのか。

もしそうであれば、恐るべき腕前の、新たな辻斬である。

これまで江戸の町の夜を横行して、数十万の武士を縮み上がらせた辻斬を、一刀のもとに刺殺した別の辻斬に、英次郎と弦一郎は驚嘆した。

江戸の大道場の免許皆伝たちも到底及ばぬ前辻斬を、一撃で刺し殺した新辻斬の出現に、英次郎は、このままでは終わらぬとおもった。

「貴殿も、拙者と同じようなことを考えておられるな」

弦一郎が顔を覗《のぞ》いて言った。

「拙者も、ご貴殿の顔色から、今後、同じ展開を読んでおられるなと考えておりました」

英次郎は同じような言葉を返した。

そして、二人はともに同じ不安を感じていた。新辻斬が前辻斬を退治してくれるだけならよいが、新辻斬もまた四民を獲物にするかもしれないというおもいが、胸中を巡《めぐ》ったのである。


〝辻斬〟斬りは案じた通り、一夜だけでは済まなかった。

数日後、芝口《しばぐち》橋の三叉路《さんさろ》で二人の浪人が死んでいた。

死因は、胸部から背中にかけて刺通されたことによる。

数日前の新辻斬と同じ手口であるが、このたびは死者が二人に増えていた。

以前、元和《げんな》（一六一五〜二四）の頃は、三叉路などで、武士が刀の切れ味を試すために町人を斬ったので、〝辻斬〟と称《よ》ばれていた。

今回は花街も近く、明るいうちは大道芸人や辻占《つじうら》売りも出ている。

被害者が二人に増えたのは、江戸に集まった浪人たちが生きるために辻斬集団をつくっていたが、仲間を殺された報復のために、二人で新辻斬が出そうな夜間の道を歩きまわった末に、返り討ちにされたと推測された。

いずれも遣い手と見られる辻斬集団のうちの二人を仕留めた新辻斬も、二人以上ではないかとおもわれたが、おそでが綿密に死体を観察して、

「反撃する間もなく、同一凶器で相次いで殺害された」

と、断定した。おそでの目に狂いはない。

これまで前辻斬が単独行動していたのは、集団と察知されて探索が厳しくなるのを恐れたからであろう。

だが、新辻斬の出現によって、単独行動を取り止《や》めた。一方、新辻斬はただ一人で動いているらしい。

「今後、前辻斬は多数の集団で動くであろう。新辻斬としても単独では対応できまい。新辻斬が複数で出て来れば、江戸の夜の町で合戦が起きる。天下泰平のお膝元《ひざもと》で得体の知れぬ者どもの合戦が行なわれれば、幕府の威信に関わる。なんとしても辻斬どもの衝突を防ぐべし」

大目付仙石伯耆守《せんごくほうきのかみ》から強い達しが出た。

祖式弦一郎は、伯耆守の下達《かたつ》を待つまでもなく、前辻斬浪人集団と、正体不明の新辻斬を絶対に衝突させてはならぬと決意していた。

新辻斬の正体は不明である。

前辻斬は金が目的であったが、新辻斬は金が目当てではなく、前辻斬を刺殺するだけが目当てらしい。

弦一郎も英次郎も、その意味がわからない。

英次郎は一統と協議した。一統にも、新辻斬の目的は不明である。

幕府の広大な海のような資料に通じている道之介も、新辻斬の魂胆が摑《つか》めない。

彼にとって困るのは、江戸のナイトライフの最もおいしい遊里に行けないことである。

それぞれが人間業《わざ》を超えた能力を持つ一統は、英次郎から堅く単独の行動を禁じられた。

お膝元の確定した泰平を楽しんでいた一統は、気儘《きまま》な自由行動を禁止されて、折角の自由と平和の味奥《みおう》を取り上げられてしまった。

自由と平和の味が正体不明の前・新辻斬によって取り上げられたのであれば、秩序を取り戻すために全員集結すればよいはずであるが、それも英次郎から禁じられている。

まだその機会《チャンス》に達していない、ということである。

英次郎は、道之介の調査力と、弦一郎の捜査力、おそでの超人的な予知力を総合して、前・新辻斬の目的を量るべく、三人を集めた。

「新辻斬が前辻斬を襲撃したのは、金が目的ではなく、お膝元を騒がすためではないかとおもう。参勤交代で全国の諸大名が集まっている江戸の城下を辻斬で掻《か》きまわせば、諸大名は幕府を軽く見るようになる」

また、

「前辻斬も集団を成して騒げば、江戸は恐慌状態《パニック》となり、混乱に乗じて富裕な者から金を奪い、日頃は足下にも寄りつけぬ美女を攫《さら》い、おもうがままに弄《もてあそ》べると、そんな思惑があったのではないか」

さらに、

「新辻斬は、江戸に集まった浪人たちを道具にして幕府を揺さぶり、中央の権力を横取りしようとしているのではないか」

英次郎と弦一郎、道之介、おそでが額を集めて〝辻斬〟斬りの目的を理論的に構成した。

四人会議は、前・新辻斬いずれもが江戸城下に混乱を引き起こすことで、なにか次の段階を秘めているにちがいないと結論を出した上で、取るべき対抗策は、前辻斬集団を捕らえるのがまず第一とした。

祖式弦一郎の手の者が、総力を挙げて前辻斬集団の所在を捜索した。

江戸に集まって来た浪人たちの居所は、悪旗本や不良御家人《ごけにん》の屋敷の博奕場《ばくちば》や、用心棒をしているやくざの巣や泥棒宿などの悪所《あくしょ》であるが、前辻斬は江戸の悪所には見つからなかった。

おそらく江戸市中に個別に栖《すみか》を構えているのではなく、指揮者の下、奉行所の盲点になるような場所に隠れているのであろう。それも一ヵ所ではなく、数ヵ所に分散していると英次郎と弦一郎は睨《にら》んだ。

この時代にはまだ、老中松平定信《まつだいらさだのぶ》のもと火付盗賊改役《ひつけとうぞくあらためやく》の長谷川平蔵《はせがわへいぞう》の建言に基づき設置された、無宿人や刑余者を収容する石川島《いしかわじま》の寄場《よせば》（加役方人足寄場《かやくかたにんそくよせば》）はない。

後代の寛政《かんせい》から文化《ぶんか》・文政《ぶんせい》にかけては、一部を除いて無宿人は江戸から追放された。

この時代は、江戸の富裕な小悪人たちに、用心棒を兼ねて支援されて暮らしている浪人が多かった。

だが、道之介は、前辻斬の所在について、江戸の小悪人の支援説を棄てた。

「用心棒などという小さな所場《ショバ》争いではなく、前と新の辻斬が江戸そのものを奪い合っているのかもしれん。新辻斬の背後には諸大名や、その御用商人が潜んでいるやもしれぬ。早速、紅葉山《もみじやま》の文庫で幕府所蔵の記録資料を当たってみよう」

資料分析の天才・累代《るいだい》幕府の書物奉行《しよもつぶぎよう》付お調役《しらべやく》の血筋を引く道之介が、胸を叩《たた》いて自信を示した。

道之介は徳川家のどんな秘密資料でも閲覧できる。そして大海に漂う一個の泡のような秘密をも掬《すく》い取るだろう。

その手がかりのためにも、前・新いずれの辻斬でも生け捕りにして、口を割らせなければならない。

これまでは英次郎一人が辻斬の〝餌《えさ》〟となっていたが、ついに一統総出で、前・新辻斬を誘発することになった。

祖式弦一郎も一統に加わった。手の者を加えると人数が多くなりすぎて、誘発を妨げてしまう。

一統と弦一郎は紀文《きぶん》（紀伊国屋文左衛門《きのくにやぶんざえもん》）に、気の利いた手代を〝餌役《えさやく》〟に立ててもらえないかと支援を求めた。すると、本人たちの積極的希望もあって、一組二人から三人で、夜の江戸の街衢《がいく》を歩きまわることになった。

前辻斬も、これを電光石火に刺殺した新辻斬も、人を斬ることになんのためらいもない、冷血非情な恐るべき遣い手である。

それに対応するため、忍者の後裔《こうえい》・英次郎、稀代の剣客・雨宮主膳、幕府の秘匿《ひとく》忍軍の一人・霧雨《きりさめ》の弟の村雨《むらさめ》、及び掏摸《すり》の名人・銀蔵、早耳の雲助・弥ノ助といずれも超常の能力を持っている一統、そして飛燕一踏流の遣い手・弦一郎が同道する。

天才医師のおそでまでが、

「危険であるから、おそでは手当て所で待つように」

と、英次郎から勧められたが、

「前・新にかかわらず辻斬の犠牲者を、手当てが早ければ救えるかもしれませぬ」

と言い張り、〝餌〟の一片となって従《つ》いて来た。仕方なく護衛を貴和に願い、弥ノ助に飼われる名馬かさねもおそでに付き添うことになった。

江戸の夜は、いつの間にか、春たけなわになっていた。辻斬の犠牲者の血の臭いを高貴な芳香で消した沈丁花《じんちょうげ》の後から、桃や桜が追いかけ、風が薫《かお》る。

無粋《ぶすい》な〝餌〟が夜の町を流し歩いても、一向に反応はなかった。

辻斬及び〝辻斬〟斬りは、〝餌〟の一行に勘づいているのかもしれない。

四季を通して、江戸の春の夜ほど風情のあるときはない。辻斬さえなければ、春の一夜を可惜夜《あたらよ》（寝るには惜しい夜）として、夜を通して江戸の名所に杖《つえ》を曳《ひ》く粋人《すいじん》も少なくない。それが辻斬以後、ぱたりといなくなった。

桜の開花が江戸の〝春開き〟であっても、実際に春を告げるのは鳥の声である。

鶏鳴は早朝にありふれているが、

――鶯《うぐいす》を聞き遅れたる粋《いき》の恥――

と、野鳥の囀《さえず》りの中の鶯の初鳴きを聞き逃したことを、粋人は恥として口惜《くや》しがる。

だが今年は、辻斬によって鶏鳴も鶯も野鳥の囀りも聞こえない。人間だけではなく鳥も辻斬を恐れているらしい。

花の香りや鳥の囀りの代わりに、「はないー、はないー」と花売りが早朝を占領している。辻斬が早朝に出ないことを知っているからである。

辻斬は、英次郎一統や弦一郎たち腕の立つ者が誘い出そうとして歩く姿を、せせら嗤《わら》っているようである。

そして、またしても、小川町《おがわまち》で浪人を一人刺殺した。

死者を発見したのは、おそでと貴和である。

おそでは、刺殺された浪人の傷口を、前《さき》の死体と同じ凶器によるものと断言した。

死者は浪人のようであったが、尾羽打《おはう》ち枯《か》らしてはいない。

おそらく腕におぼえがあり、前に刺殺された仲間の仇《かたき》を討とうとして、新辻斬と出会い、一撃で返り討ちにされたと貴和は判断した。

またしても新辻斬に後れをとった。英次郎一統や弦一郎率いる奉行所の手の者も新辻斬に翻弄《ほんろう》されている。新辻斬は、英次郎以下の動きを察知しているのである。

だが前後して、特に際立って超人的な嗅覚を持っている掏摸の名人・銀蔵、雲助の弥ノ助の二人が、浪人の死体の衣装に滲《し》みついたように付着していた鶏糞の臭いから、浪人集団が住まう住居の可能性を探り当てた。鶏を数多く飼い、鶏卵を商人に卸《おろ》している屋敷である。

二人から報告を受けた祖式弦一郎は、御家人の家が多い本所割下水《ほんじょわりげすい》に注目した。

本所割下水に暮らす御家人の一部は天下泰平下、武士の出番を失い、直参《じきさん》でありながら最低の侍（三一奴《さんぴんやっこ》）と称ばれ、川向こうの豪商たちに差別されている間に道を踏み外し、組屋敷の一部を博奕場にして、その胴元として、小悪人や、やくざ、逃亡者、浪人たちの巣にしている。その中に、鶏を多数飼い、鶏糞の臭いが風向きによって漂い出る屋敷があるという。

浪人は武士の範疇《はんちゅう》に入らず、町奉行の管轄《かんかつ》になる。すぐに内偵を進めた。

その結果、御家人の家に巣食い、ごろごろしながら、用心棒になっている浪人たちが、夜になると辻斬を重ねていることがわかった。

弦一郎は、博奕最中の悪御家人の組屋敷を襲い、浪人たちを捕らえた。

博奕改めは、享保《きょうほう》年間（一七一六〜三六）まで時代を下らないと町奉行の支配ではなかったが、弦一郎は意に介さず、辻斬容疑者として、その場所から引っ立てた。御家人も目付の所管である。

容疑者の拷問《ごうもん》は無闇にできるものではないが、係役人でないにもかかわらず、弦一郎自身が、石抱き、指詰め、釣り責めの拷問を惜しまぬ勢いを見せたので、浪人たちは恐れをなし、金が欲しくて辻斬をした事実を白状した。

「さすがに江戸は広いとおもった。これまで後れをとったことのない剣の仲間が集まり、生きていくため、懐の温かそうな町人や坊主や武士に至るまで、夜間、辻斬をして食ってきた。向かうところ敵なしと舞い上がって辻斬を働いていたところ、服装《みなり》は立派であったが、さして強そうにも見えない武士と出会った。葱《ねぎ》を背負った鴨《かも》と見て、これまで通り料理しようとしたのが逆転して、仲間の一人が一声もなく刺し殺された。到底及ぶところではないと悟って、仲間を置き去りにして逃げた。仲間が〝辻斬〟斬りに殺《や》られたと聞いた腕自慢の二人が、我らの阻止した手を振り払い、仲間の報復をすると言い張り、〝辻斬〟斬りに殺られた」

「〝辻斬〟斬りは一人か、あるいは複数であったか」

「一人だった。上級武士らしく派手な着物を纏《まと》い、ほとんど反《そ》りのない長刀を閂差《かんぬきざし》にしていた。親の功名のお蔭《かげ》で直参《じきさん》旗本を継いだものの、閑《ひま》を持て余し、彷徨《ほうこう》している旗本奴《はたもとやっこ》であろう。

二人が返り討ちにあった後、元大藩の指南が〝辻斬〟斬りに日本《にほん》橋《ばし》の高札場《こうさつば》に夜間だけの挑戦状を貼り付け、小川町で立ち合ったが、串刺しにされた。

指南が殺られてから、残った仲間たちは、辻斬に出ることを止めた。御家人の賭博部屋《さいころ》におとなしく転がっていれば生きていられる。我らには、仲間の仇を討つ意志はない」

奉行所が前辻斬の自供を得たのとほとんど同じ時刻、英次郎と雨宮主膳の二人が四《よつ》谷《や》大木戸《おおきど》の近くの路上で、一人の武士とすれ違った。江戸市中が眠りについた頃である。

暗い中で相手の観察は十分でなかったが、わずかながら二人には嗅《か》ぎ慣れた臭いを嗅いだような気がした。花の香りではない。血の臭いが、嗅覚に触れたのである。

「待たれよ」

英次郎が、すれ違いざまに声をかけた。武士は聞こえぬふりで闇の奥に消えようとした。衣服に香を焚《た》き染《し》めており、血の臭いを紛《まぎ》らせている。

かぶき(傾奇)者と称ばれ、俠気《きょうき》を尊《たっと》しとした〝旗本奴〟の全盛期は慶安《けいあん》年間(一六四八〜五二)で、すでに時代は下っているが、遠方からの灯《あかり》を受けて、ビロードの派手な衣《ころも》が暗い視野に赤く走った。

〝旗本奴〟は歩速をゆるめず、聞かぬふりを装った。

「待たれい。辻斬殿」

つづけざまに放った英次郎の声に、束《つか》の間《ま》、ビロード衣の男は歩速を乱したが、振り返りもしない。

「辻斬は、お主《ぬし》だな」

主膳が、ビロード衣の背中と距離を縮めながら誰何《すいか》した。

「間合いを取れ」

英次郎が言うと同時に、ビロード衣が振り返り、刃の光が一直線に走った。

(しまった)

英次郎は口中で呻《うめ》いた。てっきり、主膳が串刺しにされたとおもったのである。

だが、振り返ったビロード衣と主膳は向き合ったまま、凍結したように身動きしない。

主膳は串刺しにされたまま身動きできず、〝辻斬〟斬りは主膳に銜《くわ》え込まれた長刀を引き抜けない。

「主膳」

と、声をかけた瞬間、英次郎は主膳がまだ無事であることを知った。

主膳は胸を刺通されたのではなく、右腕と右脇腹の間隙《かんげき》に、稲妻のようにくり出された敵の長刀をぴたりと銜え込んだのである。

以前、洋剣者と立ち合ったとき、貴和が用いた、敵の突きを腋《わき》の下に銜え込む術であった。

接近してきた英次郎から逃れようとして、ビロード衣は刺殺剣の柄《つか》から手を離し、逃げた。

英次郎の放った手裏剣《しゅりけん》がビロード衣を掠《かす》ったが、致命的な命中はない。

「主膳、異常はないか」

英次郎が問うた。

「拙者は大丈夫だ。あの奴《やっこ》を逃すな」

主膳が叫んだ。

同時に腋の下から敵の長刀を抜き取り、ビロード衣の後を追った。

英次郎は手裏剣を相次いで放ったが、すでにビロード衣は手裏剣の殺傷距離から離れている。

二人は口惜しがったが、〝辻斬〟斬りと初めて立ち合った経験は大きい。

敵は、武士の魂とされる刀を残していった。ほとんど反りのない槍に近い業物《わざもの》である。

〝辻斬〟斬りの下手人を捕らえ損なったが、いまだかつて敗れたことのない客（辻斬の対象）に、向かうところ敵無しの武器を奪われた下手人にとっては、この上ない屈辱であるはずである。

「これで当分の間、前・新辻斬もおとなしくしているでござろう」

報告を受けた弦一郎は、奉行所としての謝意を表した。

だが、彼も心の内で、下手人を逃がしたことを惜しんでいる。

前辻斬の目的はわかったが、このまま新辻斬が姿を消せば、新辻斬の目的は不明となってしまう。

弦一郎や英次郎たちの無念を癒《いや》すかのように、道之介が驚くべき情報を銜えてきた。

一度聞いただけでは、信じられないような、恐るべき情報であった。さすが資料収集分別の天才だけあった。

道之介から伝えられたとき、英次郎は当初、信じられなかった。

御三家の一つが自分の御家から将軍を出せないのなら、御三家の地位を返上して朝廷と組み、新たな政《まつりごと》の仕組みを作ろうとしている。そんな計画があるというのだ。

「左様なことがありえるはずがない。それでは、御三家だけでなく、徳川家そのものが崩壊してしまうではないか」

英次郎が言った。

「拙者もそうおもう。されど、狭い視野で、自分の御家大事と凝《こ》り固まれば、本家が生きようと死のうと知ったことではあるまい。そうまでしても政権の頂《いただき》に立ちたいということだろう」

道之介が答えた。

「大した執念というしかないが、自分の御家とは、どこの御家だ」

「それを答えるのはまだ早い」

「勿体《もったい》ぶるな」

「勿体ぶってはいない。動かぬ証拠がまだない。なんとしても〝辻斬〟斬りを、一人でもよい、捕まえろ」

「〝辻斬〟斬りが動かぬ証拠となるのか」

「〝辻斬〟斬りの背後にいるのが、その御家かもしれない。その前に〝辻斬〟斬りが口を封じられるかもしれぬ。あきらめず探せ」

道之介から発破《はっぱ》をかけられた。

無駄な影護《かげも》り

前辻斬《つじぎり》が奉行所に捕縛され、その後、新辻斬は消えた。

江戸の夜の町に、平和が甦《よみがえ》ったのである。

だが、江戸のナイトライフの安全が保障されたわけではない。

新辻斬は奉行所及び英次郎一統の追跡を恐れて、いっとき息を潜めているのかもしれない。

にもかかわらず、太平楽の江戸っ子は、辻斬はいなくなったと勝手に解釈して、それまで飢えていた夜遊びに一斉にくり出した。

男どもは吉原、岡場所等の遊里はもとより、矢場女《やばおんな》、舟女《ふなおんな》（女付きの舟遊び）、茶屋女（茶立女）、枕女《まくらおんな》（出張する売女）、舟饅頭《ふなまんじゆう》（舟中での売女）、飯盛女《めしもりおんな》（旅宿に付いている売女）、比丘尼《びくに》（勧進してまわる売女）、夜鷹《よたか》など、夜中、女の匂いのする所に集まって、盛り上がる。

夜は辻斬のものではなく、男と女のナイトライフのためにあるのである。まさに江戸の情緒が復活したと言えよう。

だが、道之介の情報を考慮すると、そんなに楽観はできない。〝辻斬〟斬りの闇の奥には、途方もない陰謀が潜んでいるかもしれないのだ。

さすがの道之介も、確定できない途方もない陰謀の証拠を探し当てるため、遊里の梯子《はしご》はぱたりとやめてしまった。

英次郎は道之介の姿勢に、迫り来る危機を感じていた。

後代（家宣《いえのぶ》）が西城《せいじょう》（西の丸）に入った後、影将軍から受けた密命をおもい出した。

英次郎に伏した異国の海賊集団の船「アルバトロス号」の元海賊たちの要望で花火を打ち上げることになった当夜、それを聞きつけた江戸内外の四民が河口の岸辺に集まった。

そのとき花火打ち上げ船が出火し、紀州藩主吉宗が見物のため乗船していた「アルバトロス号」に接舷《せつげん》した。

打ち上げ船は仕掛け花火に延焼して火の塊《かたまり》となったが、吉宗は幸いにも避難して無事であった。

その翌日、英次郎は当代から御駕籠口《おかごぐち》に呼び出され、

「其《そ》の方《ほう》ども一統の総力を挙げて、紀州藩主吉宗を護《まも》れ」

と、密命を受けた。

そのときの当代の言葉が耳に残っている。

——吉宗は徳川家系のうちで英邁《えいまい》中の英邁。それを妬《ねた》む者もあるやもしれぬ。其の方がすでに察知しておる通り、後代は蒲柳《ほりゆう》である。野心多き者どもが後代の継嗣《けいし》の地位を狙い、虎視《こし》眈々《たんたん》としておる。吉宗には野心はないが、彼を恐れる者があるやもしれぬ。其の方、一統を率いて、吉宗を影護《かげも》りせよ——

当代の言葉は、鮮明に記憶に刻まれている。

「吉宗を影護りせよ」

と、密命が下されたが、今、吉宗は紀州第五代藩主として紀州本城にいる。

吉宗の現在の所在地をおもい出したとき、連想が走った。英次郎は直ちに道之介を呼んだ。

道之介も、当代から受けた密命をおぼえていた。

英次郎から密命の意味するところを問われた道之介は、

「御後代は英邁ではあるが、蒲柳の御身にあらせられる。つまり、御後代の御治世

は、永くはない。すでに御三家、尾州《びしゅう》・紀州・水戸家の間で継ぎ目諍《あらそ》いが始まっている由《よし》。〝辻斬〟斬りはその工作の一つかもしれぬ」

と、目を宙に据《す》えた。

「拙者も同じことを考えた」

「お膝元《ひざもと》を騒がせて御後代を揺さぶる。御三家中第一頭（筆頭）の尾州家にすれば、逸すべからざる好機やもしれぬ。蒲柳の将軍に幕府は任せられぬ。幕府開闢《かいびゃく》以来、改《かい》易《えき》された諸家の怨《うら》みがある中、こうした浪人集団の辻斬のような事態を抑えられない器《うつわ》では、次代将軍としてふさわしくない。次代将軍は尾州家の藩主であると内心、方向を定めているのかもしれない。

尾州本家はおとなしいが、支族（三家）、四谷《よつや》家・大久保《おおくぼ》家・川田久保《かわたくぼ》家が事実上本家を支えており、尾州家から幕府将軍を出そうと野心満々の支家が犇《ひしめ》いている」

道之介の解説を聞いた英次郎は、はたと膝を打った。道之介の解説に間違いはない。

浪人集団の辻斬に注目した尾張支家のどこかが〝辻斬〟斬りを江戸へ送り、お膝元を揺さぶる。

幕府に怨みを持つ尾張家中《かちゅう》は、〝辻斬〟斬りを発火点として江戸に混乱をもたらし、その事態を収拾できない幕府への不安をあおり、後々の将軍は頑健でなければ任せられないと印象づける。

そのために、〝辻斬〟斬りをさせて江戸のナイトライフを荒らしまわったのだ。

〝辻斬〟斬りは尾張から派遣されたものに間違いあるまい。

英次郎は自信を持った。

すでに浪人集団は捕縛されたが、〝辻斬〟斬りはまだ江戸の夜に胎動《たいどう》している。

おそらく一人ではあるまい。

「これからも〝辻斬〟斬りは現われるというのか」

道之介の面《おもて》が少し曇った。

甦ったナイトライフを再び奪い返される不安を、抱いたのであろう。

「案ずることはない。お主《ぬし》の夜間の外出には拙者が同行する」

英次郎は励ますように言った。

「気持ちはありがたいが、無粋《ぶすい》のお主が傍《そば》に張りついていては、折角《せっかく》の夜遊びの気が抜けてしまうわ」

「贅沢《ぜいたく》を言うな。お主とて、その辺の道場の免許皆伝ではあるまい」

「とても、とても。前辻斬でも敵《かな》いそうにないものを、〝辻斬〟斬りとあっては手も足も出まい」

「さすれば拙者が同行すると言っておる」

「おそでさんも同行してくれるのか」

「莫迦《ばか》を言え。おそでさんを遊里に連れて行く阿呆《あほう》がいるか」

「遊里にも病人が出る。おそで先生が遊里を訪問しても、おかしなことはあるまい」

「当分は、新辻斬もうかうかとは現われまい。主膳の腋《わき》の下に剣を銜《くわ》え取られたのが痛恨であったであろうからな」

それにしても、当代影将軍の先を読み取った密命には驚いた。

すでに当代は、後代の蒲柳を見越して御三家が繰り広げるだろう後代の継嗣諍いにも、目を向けていたのである。

吉宗を影護りせよ、と命じたのは、後代の継嗣諍いが始まっていることを感知したからにちがいない。

家祖家康の遺訓「将軍に継嗣なきときは、御三家のうちより選べ」がすでに奉じられ、しかしその器なき者が後継すれば徳川幕府は崩壊する。

後代家宣はその器であるが、残念ながら、健康に恵まれていない。

家宣には複数の側室がいるが、「赤穂浪士討入」で知名度を高くした浅野内匠頭《たくみのかみ》の奥方瑶泉院《ようぜいいん》の奥女中であった、お喜世《きよ》の方を最も寵愛《ちょうあい》しており、家宣の子を妊娠したという噂《うわさ》が流れていた。

もし男子が生まれれば、家宣の後代として有力な候補となる。

だが、家宣の後継が生まれたとしても、将軍の器であるかどうかは不明である。

家宣の独断によって、お喜世の方が産んだ子供をその後代と指名しても、そんな幼君を、御三家が黙ってはいまい。かと言って、家宣の後継者にしなければ、家祖家康の遺訓に違反する。

いずれにしても、後代の次の代を誰がやるのかは波乱を含んでいる。

影将軍が案じているのは、家宣の跡を吉宗が継ぐ動きとなれば、尾州家、水戸家から多数の刺客が派遣される可能性が高いからである。

仮に両家から刺客が送られたとしても、公にはできない。御三家が後継諍いをしていることは秘匿《ひとく》しなければならない。

徳川家の内乱は、諸大名の耳に絶対に入れてはならない。

城中から召しが来た。久しぶりの出番である。

御駕籠口に伺候《しこう》すると、すでに影将軍は障子を引き開けて待っていた。

周辺に小姓はいない。英次郎と二人だけで話したいのであろう。

英次郎は身心が引き締まった。

「久しぶりであるな。遠慮は要《い》らぬ。近《ちこ》う寄れ」

影は英次郎を差し招いた。

数十年来の知己のような笑顔を見せている。

「招かずとも、其の方から、たまには顔を見せい」

影が言った。

「勿体なきお言葉にございます。私ごときが、御召しを待たず、御尊顔を拝し奉《たてまつ》ることはできませぬ」

「左様《さよう》に堅くなるな。余《よ》は、其の方によって支えられておる。今日召《よ》んだのは、其の方でなくては果たせぬ極秘の命である。心して聞いてもらいたい」

「過分の御言葉、畏《おそ》れ入《い》り奉《たてまつ》ります」

「左様に堅くなるな。其の方、異国の元海賊を飼っておるな」

影は本題に入った顔をした。

「飼うということではございませぬが、異国と我が国の文化を交換しておりまする」

「まだまだ我が国の文化は異国文化に敵わぬ。さすが、其の方、異国のそれがどれほどのものであるか、目が肥えておろう。そこを見込んで、其の方に頼みたい」

内心、英次郎は、影の要望を正確に察知していた。

さすがは名君中の名君、〝辻斬〟斬りの情報は疾《と》うに耳に入っているにちがいない。前回は吉宗を囲む虎視眈々たる野心の暗殺の動きを制圧して、吉宗を影護りせよ、との内命（密命）であったが、此度《こたび》の密命には具体的な指示が含まれていた。

海賊船「アルバトロス号」の船長織座連《おりざれん》、水夫長《かこ》冠《かんむりた》太郎《ろう》ら元海賊たちは現在、ほとんど日本人化し、異文化との交換による日本文化建設集団に生まれ変わっている。

英次郎一統もまた、文化交換によって異国の優れた文化を我が物としている。

元海賊集団は、英次郎以下一統を尊崇《そんすう》している。英次郎の協力要請に喜んで応じるだろう。

英次郎一統が織座連ら元海賊集団と協同すれば、新辻斬およびその背後関係に対して優るとも劣らぬ戦力となり、将軍の地位を狙う御三家の蠢動《しゅんどう》を秘密裡《り》に制圧できるにちがいない。

すでに後代が決定し、天下泰平は一見確固としているようであるが、幕府の支柱となっている御三家の〝内乱〟は、諸大名に嗅《か》ぎ取られる前に制圧しなければならない。

だが、幕府の秘匿戦力、英次郎一統や猿蓑衆《さるみのしゅう》は、表立っては動けない。

対して、元海賊集団は、今や秘匿中の秘匿戦力となっている。

織座連以下は幕府の役に立つことを喜ぶであろう。彼らの口は堅い。さらに、辻斬について大いに興味を持っている。

織座連以下一同は、日本文化の吸収と同時に、英次郎一統の役に立ちたがっている。

需要と供給が一致した形である。

「辻斬はアルバトロスにシカケ（放火）した船をぶつけてきたモネ（者）の仲間、マスト・ビー（ちがいない）。私たちにとってアルバトロスは可愛い子供である。指をシャベッテ（しゃぶって）黙っているわけにはいかない」

水夫長の冠太郎が言った。

船長の織座連も深くうなずいている。

幕府の崩壊は、日本文化建設集団に生まれ変わった意義を、彼らから奪ってしまう。

幕府にとっては圧倒的な援軍であった。

かつて、日本人奴隷を密輸出していた一派が差し向けた洋剣客と戦った経験のある英次郎は、織座連や冠太郎以下の部下たちも洋剣客である上に、開祖家康が禁止した飛び道具の達者が揃《そろ》っているのを知っている。

剣と銃の戦いは最初から結果が見えている。どんなに非凡な剣客であっても、速度、射程、破壊力など、銃の相手ではない。

長距離から狙撃されれば、手も足も出ぬまま、飛来する弾丸の貫通、あるいは盲管《もうかん》（体内に留まる）によって、あっという間に戦闘能力を奪われてしまう。

剣客揃いの〝辻斬〟斬りが刺客として派遣されても、遠距離から一瞬の間に射殺できる。

英次郎一統はすでに元海賊集団との交換武技によって、飛び道具を使えるようになっている。

だが、開祖から飛び道具は堅く禁止されているので、英次郎一統や奉行所もこれを使えない。

飛び道具に次ぐ戦力を持っている貴和の糸刃《いとば》も、飛び道具の射程には及ばない。

英次郎から〝辻斬〟斬り退治の協力を要請された織座連以下元海賊集団は、出番を喜んだ。

江戸のナイトライフを楽しんでいた元海賊集団は、前辻斬、新辻斬を憎んでいた。

だが、幕府禁制の飛び道具をお膝元で使うわけにはいかなかった。また、使えたとしても、先に辻斬の気配がわからなければ、飛び道具を持っていても役に立たない。辻斬の間合いに入ってからその正体を知ったのでは、飛び道具を持っていても、すでに遅い。だが、英次郎一統が辻斬下手人の所在を間合いの外から教えてくれれば、勝負は定まる。

しかし、元海賊を動員せよという影将軍の密命以後も、敵の気配は感じられなかった。

〝辻斬〟斬りの臭《にお》いは、一統の超嗅覚《きゅうかく》に触れない。五感を総動員しても、〝辻斬〟斬りの消息は不明である。

(影将軍の密命を察知されたか、あるいは元海賊集団の蠢動を警戒して、地に潜っているのか)

完全に消息は知れなかった。

道之介が再び遊里に通うようになった。彼にとっては〝燃料〟の補給である。

旧暦四月は、夏の開幕である。ナイトライフは夏が中心となる。

だが、両国《りょうごく》の花火や、それを見物する納涼船は、まだまばらである。

この頃、花火は武士が主体である。

諸大名は苦しい台所を工面《くめん》して花火を打ち上げ、威勢を競い合っていた。

そこへ、両国橋付近に豪商人が花火船を出し始めていた。

花火は、

——一両が瞬《まばた》きをするひかりかな——

と詠《よ》まれるように、貴金属や宝石類とちがい、音と光とともに消えてしまう一瞬の贅沢であり、商人は武士のような無駄遣《づか》いはしない。

お得意先招待の花火であれば豪遊ではなく、広告、ビジネスになる。それが士と商のちがいである。

涼み船の引き寄せ花火は、まだ全盛期に至っていない。

江戸のナイトライフは、まばらとはいえ、水上の花火ですっかり甦った。

そんな中、豊かな町人（商人）の間で、夜の奇妙な遊びが流行《はや》ってきた。

御菰被《おこもかぶり》と称ばれる、大店《おおだな》の商人が夜間、菰被（物乞い）の真似《まね》をして街を歩きまわり、物乞いの成果を比べ合う遊びである。

道之介が親密な商人に物乞い遊びについて問うてみると、

「商人は窮屈です。ある意味では、お武家様より窮屈かもしれません。儲《もう》けがなければ商人は生きていけません。店が大きくなって使用人の数を増やせば、彼らの人生に責任を持たなければなりません。一度限りの人生の責任は重いですよ。他人を背負う人生となると自分が押し潰《つぶ》されそうに重くなります。

夜間、仲間の商人たちとともに菰被の真似事をしている間は、人生の数多《あまた》の重荷から逃げ出せます」

江戸の夏の夜は涼しく、遠い花火は束《つか》の間《ま》ごとに闇を照らし、どこからともなく芳《かぐわ》しい花の香りを漂わせる。

「座敷へ急ぐ、あるいは帰る芸妓《げいぎ》たちからその場限りの御菰被とは知らず、お恵みをもらったときの喜びは、千両箱にも比べられない、おいしい時間でございます」

夜の闇に御菰被の正体を隠しながら、満天の星を戴《いただ》いて、なにかの花が香る江戸の町を歩きまわり、昧爽《まいそう》(夜明け)の空の方角から聞こえてくる鶏鳴や野鳥の喉自慢に送られて店に帰る。

「家人が用意してくれた朝風呂に入り、一眠りして、昨夜の成果を数えるときほど幸福な時間はありません。

人間に生まれて、こんな楽しい時間はありません。一度始めたら止《や》められませんよ」

道之介は聞いている間に、自分も御菰被をしたくなったほどである。

〝辻斬〟斬りの危険に完全に終止符が打たれたわけではないが、菰被を狙う辻斬はいない。

つまり、安全この上ない夜遊びであった。

道之介から、豊かな商人の御菰被なる流行り遊びの話を聞いた英次郎は、自分も夜遊びをする気になった。

江戸の夏の夜の情緒は、昼に比べて匂わしく、奥が深い。江戸の夜奥《やおう》を、遊びに託《かこ》つけて見極めたい。

もちろん、ただ遊ぶのではない。似非《えせ》菰被たちの影護りをする体《てい》で、辻斬の出現を待つのだ。一石二鳥のもくろみである。これは、元海賊にも手伝ってもらう。

その話を耳にした貴和が、同行を申し出た。

貴和の同行は心強いが、話はたちまち一統に広がって、主膳を含めて全員が参加を申し出た。

英次郎には、一統の申し出を断る理由はない。似非菰被たちは一塊りで動くわけではない。夜中は散らばって物乞いをするので、影護りの側も人数が多いほうが都合がよかった。

だが、夜通しとなるので、おそで一人だけは参加させなかった。

江戸の町は初夏の新緑に彩られた。新鮮な光沢と香りで輝き、江戸市中のどんな平凡な街角も包んだ。

江戸の美しい風景を構成する四要素は、水と緑と歴史と山である。

江戸の市中は、堀が豊かな水をたたえ、舟が行き交う。春そして夏は、木々の緑が癒《いや》しの風をそよがせる。神田明神の平 将門《たいらのまさかど》伝説をはじめ、神話や伝説が豊富である。彼方《かなた》に秀麗な不二（富士山）がのぞいて、神秘なおもいを誘い出す。

英次郎一統と元海賊集団は、宵《よい》の明 星《みようじよう》の輝きとともに集まり、江戸の夜を、魚信《ぎよしん》（獲物の感触）を追いながら、流してまわった。

江戸の夏の夜は、寝るには惜しい、まさに可惜夜《あたらよ》である。富裕な菰被たちの陰伴《かげとも》（護り）をして、明けの明星が味爽に消えるまで、歩きまわった。

昼は大店の主《あるじ》や、息子に店を譲った後も実権を握っている隠居たちが、菰を被って夜遊びに陶酔している間、英次郎一統も、この珍しい夜遊びに伝染したかのように、酔狂な陰伴を楽しんだ。

すでに商いに成功して余生を楽しんでいる彼らは、これ以上の蓄財や名誉や、色欲や、さらに高い知名度を求めていない。

実権は握っていても、息子や、信頼できる後継者に、老人たちの築き上げた店を守ってもらっている。

御菰被は、彼らにとって最高の夜遊びとなっていた。

まさか、富裕な隠居たちが菰被の真似をして夜遊びをしているとは、誰もおもわない。

似非菰被が、それぞれ夜の盛り場を物乞いしながら巡回すると、結構、実入りが良かった。

似非菰被たちは金を唸《うな》るほど持っているが、夜の実入りはタネがちがう。

夜が明けて、あらかじめ決めた場所に集まり、仲間たちと実入り比べをして勝つと、天下を奪《と》ったように嬉《うれ》しい。

負けた者は口惜《くや》しがり、次の夜の実入り比べに懸ける。

終夜歩きまわって得た実入りなど、昼間の商いの儲けに比べれば、塵芥《ごみ》のようなものであるが、彼らにとっては宝物である。

遊びという遊びを尽くした富裕な似非菰被の影護りをしている英次郎一統は、菰被に間違えられて投げ銭をもらうこともある。

「なんだか、俺たちまで菰被になった気分だ」

道之介がささやいた。

夜の空気はしっとりとしており、灯火はほとんど消えて、満天の星が無限の遠方からの光を送ってくる。

本物の菰被は深夜歩かない。

ときおり、蓙《ござ》を持った女に、袖《そで》を引かれることもある。

夜鷹は、今で言う街娼《がいしょう》（ストリートガール）。男を誘い、空地や、河原や、橋の下の蓙の上で体を売る。

また、呼ばれた男の家へ行く。「通い枕」と称ばれる出張娼婦である。通い枕は、富裕な男に呼ばれるので、懐《ふところ》は温かい。

深夜でも私娼は働いている。

街娼から袖を引かれた道之介は従《つ》いて行きたそうな顔をし、英次郎は苦笑せざるをえない。

英次郎や貴和は、袖を引かれたことはない。

貴和には近づきがたい妖艶《ようえん》さがあり、英次郎は凶器のように鋭角的な気を発散しているからであろう。

前及び新辻斬は、菰被とともに、夜働いている女も斬っていない。刀を汚すからではなく、体以外に売るものがない女たちを不憫《ふびん》におもうのかもしれない。

「意外に、いい女がいる」

道之介が独り言のようにつぶやいた。

通い枕も、夜鷹も、また舟の上で体を売る舟饅頭も、昼間出会う女性たちよりも妖《あや》しく美しく見えた。

京や尾張の街角では見かけない女たちであった。

こんな影護りをしている間に鶏鳴が聞こえて、早起きの野鳥が喉を競い始める。

英次郎一統と元海賊による影護りは毎度、無駄に終わった。

あまりの徒労に、こんな当てのない夜歩きに付き合わせても意味がないと考えた英次郎は、元海賊たちの出動を早々に打ち切りにした。あとは英次郎の一統だけでつづけてみることにした。

元海賊たちの護衛

依然として、〝辻斬《つじぎり》〟斬りは姿を現わさない。
さすがの一統も、莫迦莫迦《ばかばか》しくなってきた。
「富裕な隠居たちの莫迦げた遊びに、いつまで付き合っているつもりか」
主膳が問うた。
「辻斬が似非《え》菰被《せこもかぶり》の正体に気づけば、また必ず動き出す」
英次郎は、主膳以下一統をなだめたが、自信があるわけではない。
さすがの英次郎も、
(影護《かげも》りは、今宵《こよい》をもって最後としよう)
と、決心した。
最後の夜、東の空が暁光《ぎょうこう》(明け方の光)に明るみ始めた時刻、異変が起きた。
いつものように決めた場所に集まった似非菰被集団は、その夜の実入りが比較的よく、良い気分になって、それぞれの自宅に帰ろうとしていた。

「貴様ら、金持ちの身分を隠しやがって、まだ足りねえらしく、菰被に化けて金を集めるつもりか」

と、尾羽《おは》打ち枯らした浪人団が、似非菰被集団を取り囲んだ。

人数は十人前後。祖式弦一郎に悪御家人《ごけにん》の組屋敷で捕らえられ、金が欲しくて辻斬をしたと白状した後、町奉行の所管外である御家人の組屋敷で捕らえたという事情もあって寛恕《かんじょ》、放免された前辻斬の浪人たちだった。

似非菰被集団は仰天して、

「とんでもないことで。旦那方、懐《ふところ》に余裕があれば、夜通し物もらいをして歩きません」

似非菰被集団の束《たば》ね役《やく》が、浪人集団の前に跪《ひざまず》いた。

似非菰被の群れは再び辻斬が現われたと推測して、束ね役の言葉も聞き取れないほど震え上がり、歯の根が合わない。

「命まで奪《と》るとは言わぬ。身ぐるみ脱いでいけ」

浪人集団の頭領《かしら》が言った。

命あっての物種《ものだね》と似非菰被集団は、家を出るとき持参した財布ともらい集めた金をすべて差し出した。

「厚ぼったい財布を懐に入れて、集めていやがったのか。まだ隠しているにちげえねえ。身ぐるみ脱げと言ったろう」

頭領が刀の柄《つか》に手をかけて脅迫した。

「い、い、命だけは、お助け……」

似非菰被集団はさらに震え上がり、夜間の物乞いのため仕立て屋にわざわざつくらせた菰被そっくりの衣服を脱ぎ捨てようとしたが、全身が震えて脱げない。

突然、地中から現われたように、両者の間に英次郎一統が割って入った。

「貴様ら、何者だ。命が惜しければ、とっとと消えろ」

浪人集団が口ぐちに、英次郎一統を恫喝《どうかつ》した。

「命が惜しければ消えろ。その言葉はそのまま返す」

英次郎の声とともに、貴和が糸刃を旋回させた。

浪人集団の一人が恫喝するために引き抜いた刀を、一閃《いっせん》のもとに地上に叩《たた》き落とした。

地上に落ちたのは、刀だけではない。柄を握っていた手首も落ちている。

浪人集団は腰を抜かした。

彼らの目には、貴和が一閃させた糸刃が見えない。昼間でも見えないぐらいなのだ。

「貴様ら、お上のお慈悲をもって辻斬の罪を寛恕されたのも忘れて、菰被らの命を脅かし、おもらい物を奪い取ろうとは、浪々《ろうろう》の身とはいえ、武士の魂を穢《けが》すもの。次は手首ではなく、首が落ちるぞ」

英次郎の言葉に、浪人集団は蜘蛛《くも》の子を散らすように八方へ逃げ散った。

きわどいところで救われた似非菰被集団に、英次郎が、

「今後、このような猿真似《さるまね》をしてはならぬ。お主《ぬし》らが情趣と称して夜間、菰被の真似をしていることはわかっておる。お主らのように、なんの不足もない商人が菰被の真似をして、夜遊びをしては、本物の菰被が迷惑をする。我々が駆けつけなければ、お主ら、命を失ったかもしれぬぞ。

夜遊びを楽しむぐらいなら、夜間眠る場所もない貧しい者に、あるだけの余裕を施せ。お主らは、これから家に帰り、風呂へ入り、美味い朝食を摂《と》り、やわらかな寝床でゆっくりと休めるのだからな。

今後、お主らの家に、夜間眠る場所もなく餓死《がし》寸前の者が訪ねて来たときは、できる限りの援助をせよ。わかったか」

そう諭《さと》すと、似非菰被集団は土下座して、額を地に押しつけた。

「お主ら、只今《ただいま》の約束を、きっと守れ。もし約束を違《たが》えれば、お主らの家を浪人集団が襲おうとも、我らは止めぬ。止めぬどころか、お主ら、お上を欺《あざむ》いたとして配流（島流し）にされるであろう」

似非菰被集団は、英次郎に返す言葉もなく、額を地につけたままであった。

鶏鳴に次いで野鳥がかまびすしく囀《さえず》り、昧爽の空に太陽がのぞいた。

朝靄の中を、朝一番の行商や、棒手振《ぼてふ》りが動き始めた。

江戸を貫く隅田川《すみだ》は、水源・秩父《ちちぶ》の奥から発して上流は荒《あら》川、千住《せんじゅ》大橋を通過して隅田川となり、浅草《あさくさ》付近で浅草川、宮戸川《みやとがわ》、両国《りょうごく》付近で両国川と名前を変える。後に吾妻《あづま》橋が架けられると、それより下流は大川《おお》と称されるようになる。

この時代には、まだ大川四橋は出揃《でそろ》っていないが、両国橋、新大橋《しんおおはし》、永代橋《えいたいばし》を潜《くぐ》って、大都会・江戸の生活を維持するための物資が、関東奥地から水運で運ばれてくる。

江戸市中に発生する汚穢物《ごみ》は永代浦に運び、海中に棄てて埋立地を造成する。

肥料（糞尿《ふんにょう》）は、江戸湾内で待っている大船に集め、下肥《しもごえ》として近郊農民に配る。

橋の上から望めば、朝靄を掻《か》き分けるように下って来る各種船舶は、靄の彼方の異界から現われるように見える。

太陽の位置が高くなるにつれ、人の動きが激しくなる。

英次郎は、似非菰被集団を〝餌《えさ》〟にして、〝辻斬〟斬りの出現を待ったが、成果を上げることはできなかった。

似非菰被に説教し、約束を違えれば流罪に処すと恫喝しただけで、英次郎一統には、なんの収穫もなかった。

「たいした夜遊びであったな」

道之介が茶化すように言った。彼自身も獲物が現われなかったことを口惜《くや》しがっている。

尤《もつと》も英次郎は、似非菰被集団を、大物を引き出す〝餌〟としては弱いとおもっていた。

早々と元海賊集団に出動中止を命じたのは、似非菰被集団の〝餌〟としての軽さが見えたからでもあった。

「だが、まったく無駄には終わらぬと見た。此度《こたび》の菰被ごっこは、〝辻斬〟斬りの耳に聞こえているにちがいない。聞こえたからには必ず、なんらかの動きを見せるだろう。楽しみにしておるぞ」

主膳が言った。

英次郎を慰めているわけではなく、本気でそうおもっているらしい。道之介も、村雨、貴和らも、うなずいた。つまり、魚信はなくとも、一統の鋭敏な感覚に触れるものがあるのである。それを楽しんでいる。

その後、影将軍からの沙汰《さた》はない。

英次郎も、似非菰被集団の経緯については上申していない。あるいは弦一郎から町奉行、大目付の仙石伯耆守《せんごくほうきのかみ》を通して影将軍に伝わっているかもしれない。

なんの反応もないのは、英次郎一統と同様に解釈しているからにちがいない。

たとえば、

——積もるまで雪の命や音もなく——

という作者不明の句がある。影は、幕府を乗っ取ろうとする御三家の野望を雪に見立てれば、雪は降り積もって初めて命を持ち、その後雪害をもたらす、と考えているのではないか。

雪は降り積もることで、雪害を起こす力となる。結果、人間は家とともに押し潰《つぶ》される。補給も連絡も移動も絶たれてしまう。

敵は、そのときを待っているのである。

だが、積もれば命を持つ雪であるなら、積もる前に命の芽を断ってしまえばいい。

英次郎の嗅覚《きゅうかく》は、そのチャンスが近いことを嗅《か》いでいる。

そして、チャンスを嗅ぎ当てているのは、英次郎だけではなさそうである。

影将軍から英次郎に使者が来た。ただ一人にて参上せよ、とのお召しである。

影将軍は、前回のように小姓も寄せず、待っていた。

「其《そ》の方《ほう》、よき判断であった」

なんのことか、英次郎がまだ参上の挨拶もせぬうちに褒《ほ》めそやした。

褒められるどころか、英次郎は、貧弱な魚信すら得られなかった此度の似非菰被集団との経緯を、なんと謝罪しようかと悩んでいたところであった。

「元海賊の出動をよくぞ中止した。あの者らの役所《やくどころ》は、似非菰被らの護衛や浪人どもに対する叱責《しっせき》ではない。此度の経緯は、必ずや大魚の知るところとなっているであろう。秘密兵器としての元海賊の存在を知られる前に引き揚げさせたのは、賢明であった」

褒める理由を述べた影将軍は、間を置いてからおもむろに、

「そこで西城《せいじょう》（後代）に、そろそろ席を譲ろうとおもう。双方ともに、待ちに待った機会がきたのである」

と、言葉を継いだ。

影将軍の言葉に、英次郎は仰天した。

（〝辻斬〟斬りの消息がまだ摑《つか》めていない、その背後にどんな謀《はかりごと》が潜んでいるかもわからない、そんな時期を選んで後代の将軍就任を急ぐとは、影らしくない）

これまで就任を引き延ばしたのは、後代家宣の蒲柳《ほりゆう》の質を案じていたからである。

将軍就任の式には当然、尾張家も水戸家も紀伊家もその家臣団も列席する。

（少なくとも、〝辻斬〟斬り集団の消息を摑んでからにしてもらいたい。後代の継嗣《けいし》を諍っている御三家内の一派が、将軍宣下《せんげ》、就任の式の隙《すき》を狙って刺客を派遣するにちがいない）

御三家中、現在の西城の跡を狙い、水面下で激しく諍っているのは尾張と紀州である。だが万一、刺客が目的を達した場合、尾張が最強勢力になることは間違いない。

不穏な蠢《うごめ》きが解消されていない時期をわざわざ選んで譲位するのは、影にしては無謀である。

「将軍宣下、就任の式には、元海賊どもを配置せよ。指揮は、其の方が取れ。よいか。くれぐれも心せよ。西城の主に指一本触れさせてはならぬ。必ず芝居の主役を取れ（優位になれ）」

周囲には英次郎以外、誰もいないのに、影は声を低めた。

「追って伯耆守を通して細かいことは伝えるであろう。この件は直前まで幕閣、三奉行にも伝えぬ。心して備えよ」

そう言い含めると、障子が閉まった。

影の姿が完全に消えたとき、英次郎は、はっと気づかされた。

影将軍の緻密《ちみつ》な仕掛けが読めたのである。

（さすが、影将軍、少しの隙もない。突然の西城への譲位通達は、そのような仕掛けか……）

英次郎は、束の間であったが、その場から動けなかった。

この将軍宣下、就任の式は、文字通りの芝居なのだ。

十中八九、尾張家のまわし者にちがいない派遣刺客を、有無を言わせず捕らえるための芝居である。

家宣が西城に移住した後、増上寺《ぞうじょうじ》での桂昌院《けいしょういん》の法事に列席中、恐るべき洋剣客に狙われたことがあった。

英次郎が護衛していたのだが、寺内直廊に潜んでいた洋剣客に急襲され、家宣を背後に庇《かば》った英次郎は細い洋剣に胸を刺されそうになった。そのとき、家宣を先導する寺僧に化けていた貴和が咄嗟《とっさ》に間に入り、刺客の剣先を腋の下に銜《くわ》え込み、きわどいところで難をのがれ、刺客を討ち果たすことができた。

影は、桂昌院の法事から学んだ刺客退治を、応用しようとしているのである。

洋剣の刺客は単独であったが、此度の芝居の式には、尾張家に養われている刺客の多くが動員されるであろう。

影の意図を読んだ英次郎は、その精密な予備行動に、改めて驚嘆した。

芝居の将軍宣下、就任の式に向けて、元海賊集団はすぐに動き始めた。

将軍宣下、就任の式に異人が参列するのは初めてであり、それもただの異人ではない。元海賊集団が新将軍の影護りをするのは、前代未聞である。

織座連以下の元海賊集団は、日本の支配者の影護りを名誉とした。

第六代の将軍宣下、就任の式に備えて、御三家、譜代、外様《とざま》、諸大名を迎える儀式に不備がないよう、前儀式（予行練習）を行なう。

将軍宣下とは、天皇が日本国の統治大権を行使する征夷大将軍職（武家政権の長）

に任ずる儀式のことであり、徳川の新当主にとっては幕府の支配権継承が承認されたことを意味する。

将軍宣下は形式上のものであるが、家康から家光《いえみつ》までは上洛し、家康は伏見城《ふしみ》、秀忠《ひでただ》と家光も同じく伏見城で帝《みかど》の宣下を受け、四代家綱以降は、十四代家茂《いえもち》まで江戸城に勅使を迎えて宣下を受け、将軍となった。

十五代慶喜《よしのぶ》は京に滞在していたため、二条城で将軍宣下を受けている。

ちなみに、「大御所」は徳川宗家隠居の尊称、「上様」が徳川宗家当主の尊称、「公方様《くぼう》」が将軍の尊称というのが本来だが、時代的には将軍は三代家光までが上様、それ以降は公方様と呼ばれていたようである。

将軍宣下、就任の儀式は作法がやかましく、荘重《そうちょう》をきわめる。

前儀式に招《よ》ばれるのは御三家、幕閣、指導役の高家《こうけ》のみで、諸大名は列座しない。

前儀式は、複雑な式次第を習熟させるために行なう実地訓練である。

将軍宣下、就任の式に不備があれば、天下から嘲笑《ちょうしょう》される。そのような不具合が、少しでもあってはならない。式は安全な上に完璧でなければならない。

前儀式は、なんと江戸湾に停泊している「アルバトロス号」船上で行なわれることになった。

英次郎一統はもとより、前儀式の護衛につく町奉行を筆頭に、警備に当たる三奉行は、仰天した。

三奉行は前儀式は海上で行なうとの沙汰が下されたのみならず、それも異国船の上との達しに、腰が抜けるほど驚いた。まして、船の前身は海賊船である。

開府以来、前例のないことである。

だが、驚きが鎮《しず》まると、開府以来初めての前儀式には、この上ない絶好の場所が選ばれたことを知った。

前儀式が海上であれば、いかに腕達者な派遣刺客であろうと、式場に近寄れない。

しかも、将軍宣下、就任の式の御本尊である後代将軍を直衛する者は、「アルバトロス号」の元海賊船長とその部下たちである。

海の上にあってこそ本来の戦力を最高度に発揮する、海賊たちの直衛に優る護衛はない。

しかも、船長織座連の提案は、「アルバトロス号」を江戸湾内で航行させながら式を進めては、というものである。

式日は、幕府天文方が総力を挙げて快晴の日を選んだ。

幕府天文方は、貞享《じょうきょう》元年（一六八四）に保井算哲《やすいさんてつ》（のち渋川春海《しぶかわはるみ》）が初代として任ぜられ、天文、暦術、測量、地誌等、それぞれ専任し、特に天文方改方《あらためかた》は天候の予測に強かった。

予報を誤るようなことがあれば、いくつ腹を切っても足りない。命を懸けての予報である。

前儀式の当日が来た。

天文方が命を懸けただけあって、雲ひとつない快晴が江戸湾を包んだ。だが、完璧な護衛日和《びより》は同時に、派遣刺客の襲撃日和でもある。見晴らしがきくので、飛び道具への警戒が必要である。

船上には、すでに前夜から、式の当事者である将軍後代が移乗する準備をしている。

「アルバトロス号」船上は西城の直臣《じきしん》、英次郎一統および元海賊の半分が直衛し、周辺の海域を残りの元海賊と祖式弦一郎率いる町奉行所の手の者、その他、寺社奉行の大名家臣たちが二重三重に護衛している。

蟻《あり》の這《は》い出る隙もない護衛陣である。と同時に、刺客にとって水域は最も襲いにくい場所である。

夜間、なにごともなく「アルバトロス号」は、満天に鏤《ちりば》められた星の下を航行しながら、品川《しながわ》沖の停泊点に廻航してきた。

トワイライトの光と影のゆっくりとした交替と異なり、味爽の気配とともに新鮮な光が江戸湾を染めた。

常ならば、物売舟が千石クラスの廻船の周囲に、餌に群がる蝿《はえ》のように蝟集《いしゅう》するのが、護衛陣に遠ざけられた。

海面が巨大な宝石のように煌《きらめ》き、青すぎて昏《くら》いぐらいの空と海を水平線が溶接している。

夜の闇はたちまち、安定した位置についた太陽の光によって掻き消された。

それぞれの位置に停泊していた船が動き始め、小舟が大船の間をミズスマシのように動きまわっている。

だが、公的に許された舟のほかは「アルバトロス号」に近寄れない。

前例を忠実に守る儀式・典礼に詳しい高家以外は、ほとんど式次第について知らない。

勅使饗応《ちょくしきょうおう》などは、高家の出番であったが、浅野内匠頭《たくみのかみ》の例もあった。

天和《てんな》三年（一六八三）、内匠頭は十七歳で勅使饗応役を拝命している。が、十八年後に再び拝命したときにはその詳細を忘れており、指導役であった高家筆頭吉良《きら》上野介《こうずけのすけ》に謝礼の進物が少ないと憎まれて、松の廊下事件に至り、上野介はお構いなし、内匠頭のみが殿中刃傷《にんじょう》に及んだとして切腹を申し付けられた。

それほど典礼が重んじられた時代であった。

だが、内匠頭の勅使饗応が殿中であったのに対し、今回の前儀式は海上なので、指導役としてたっぷりと賄賂《わいろ》が集まる高家の出番は限られる。

警備方は浅野内匠頭が起こした刃傷沙汰の際の経験はあっても、ほとんど忘れている。

儀式直衛の者は、典礼よりも、怪しげなる者の接近の有無を、目を見開いて警戒している。

陸《おか》から、後代の家宣が、多数の艀《はしけ》に護られた御座船《ござぶね》（屋根船）に乗って、「アルバトロス号」に到着（接舷《せつげん》）した。

だが、「アルバトロス号」の舷側《げんそく》は高く、水面から網梯子《あみばしご》を上らせるわけにはいかない。

やむをえず、網でやっつけの御座をつくり、その中に家宣を移乗させ、甲板《かんぱん》から吊り上げるという、荷揚げと同じような方式を取った。

一見、家宣は船の積み荷のように見えた。随従《ずいじゅう》したのは船長織座連、水夫長冠太郎の二名である。

この光景を、艀や物売舟に乗った護衛の者どもや見物人が、遠巻きに見守っている。

奉行所の手の者が見物人を追い払っても、蠅のように寄り集まって離れない。

甲板で船外を見張っていた貴和の目に、一瞬きらりと光の破片が射込まれた。鏡のような物体で、日の光を反射させたらしい。

だが、貴和は、それが船上の者を慌《あわ》てさせ、警護態勢が乱れた隙に襲いかかろうとする派遣刺客の陽動作戦であろうと、咄嗟に見抜いていた。

間髪《かんはつ》を容《い》れず、光の破片の投射源に向けて、糸刃の先端に鏃《やじり》を結んだものを、投げた。糸刃は鏃に案内されるように空間を一直線に飛び、艀に乗って見物人を偽装していた武士の心の臓に的中した。

貴和の動作に応じて、「アルバトロス号」を囲んで海上に散っていた元海賊たちが、見物人を装った武士の艀を一斉に取り囲んだ。

艀に乗っていた数人の武士は、さすが派遣刺客だけあって、水練の心得があるのか、同時に海中に飛び込んだ。

だが、元海賊たちもすかさず海に飛び込み、武士たちの足を摑むと、海中に引きずり込んだ。

英次郎一統は配流された島で、海賊たちに立ち向かった。そのとき海に追い出された海賊たちは、海女《あま》たちに寄ってたかって海中に引き込まれた。その失敗を海賊の恥として、その後、海女たちとともに積んだ訓練が役に立ったのである。

将軍宣下、就任の前儀式は中断したが、派遣刺客はことごとく海中に叩き落とされた。

海上では、〝辻斬〟斬りの戦力はなんの役にも立たなかったのである。

派遣刺客が「アルバトロス号」の船上にいる美しい貴和に見惚《みと》れたのが、油断であった。

派遣刺客は、〝辻斬〟斬りの遣い手揃いであることは確かであるが、英次郎一統についての調べがほとんどない。情報がきわめて少なく、貴和を本物の女性とおもったらしい。

大奥紊乱《びんらん》

将軍宣下《せんげ》、就任の式の前儀式が事なく終わり、英次郎は影将軍に召《よ》ばれた。

御駕籠口《おかごぐち》で待ちかねていた影将軍は、英次郎の伺候《しこう》と同時に、

「よくやってくれた。さすがは元海賊、海に引きずり込まれた派遣刺客は、いずれも〝辻斬《つじぎり》〟斬りをした輩《やから》であろう。其《そ》の方《ほう》らの対応によって、後代をよく護《まも》り通した。今にしておもえば、生きたまま捕縛して彼奴《きやつ》らの主人《あるじ》を確かめたかったが、口を割るような輩ではあるまい。口を割らずとも、おおかたの推測はついておる」

影将軍の指摘は、刺客を一人なりと生け捕りにできなかった英次郎の忸怩《じくじ》たるおもいを衝《つ》いた。

「畏《おそ》れ入り奉《たてまつ》ります」

英次郎は、地につけた頭を上げられない。

「前儀式に派遣された刺客は、十中八九、尾張家に養われ、派遣された忍者にちがい

ない。彼奴らの生け捕りは、不可能を可能にせよということである」

前儀式に派遣された刺客たちの主人が、尾張家中である証拠はない。

だが、御三家のうち、尾張家以外には派遣刺客に該当する暗殺集団はいない。尾張家中には、藩祖義直《よしなお》の時代から甲賀《こうが》忍軍が養われている。

影将軍は、証拠があろうとなかろうと、それはそれでよいとした。

いずれにせよ、御三家第一頭（筆頭）の尾張家を疵《きず》つけてはならないからだ。疵はつけず、今後の暴走を止《や》めさせられれば、それでよいのである。

後代家宣の将軍就任までの段取りは、影の意識の中ですでに定まっている。

「元海賊には、欲しい褒美《ほうび》を取らせるがよい。余《よ》の聞き及ぶところによると、其の方らが流された島の海女《あま》たちと仲良くなっているらしい。それぞれ幸せな家庭を築けるよう、家を世話してやるがよい。すでに、勘定奉行には達してある」

為《な》すことすべてが、英次郎の先まわりをしている。

将軍宣下、就任の式の前儀式は、ともかく無事に収まった。その分だけ、宣下までの時間は短縮された。

影将軍の意識の中では、すでに政権を家宣《いえのぶ》に譲っている。あとは改めて日を定め、形式的な儀式を挙げるだけでよい。

徳川宗家において家督を継ぐことは、すなわち将軍になることである。そして影は大御所にふさわしい貫禄を備えている。


だが、前儀式を終えて、また新たな問題が生じていた。

英次郎が気になっていたのは、西城大奥の動向であった。

西城大奥の風紀が弛緩《しかん》していることと、さらには、家宣が最も寵愛《ちょうあい》（寵任）している間部詮房《まなべあきふさ》が大奥に昼夜を分かたず、入り浸っていることである。

英次郎は西城大奥に入れないが、おそでが、詮房はお喜世《きよ》の方ときわめて親しいと伝えてきた。

お喜世の方は、家宣の寵愛を一身に集め、すでに家宣の子を妊娠している。もし男子を産めば、お喜世の方が西城大奥で重きをなすのは必定《ひつじょう》である。

お喜世の方と詮房が親しいことは、幕府にとって危険である。お喜世の方の腹の中の子は、もしかすると詮房の子かもしれないのだ。

後代家宣の妻妾《さいしょう》には、お喜世の方に加えて、お須免《すめ》の方、御簾中《ごれんじゅう》（正妻）煕子《ひろこ》、於古牟《おこん》の方の三人がいる。

正妻熈子は元禄十二年（一六九九）に男子を産んだが、出産と同時に死去してしまった。

お須免の方は、柳沢吉保《やなぎさわよしやす》や五代将軍綱吉の生母桂昌院《けいしょういん》に支援されていた。

おそでは西城大奥の秘密を洩《も》らしているのではなく、乱れた内情を憂《うれ》えて、英次郎に相談しているのである。

おそでは、人命を救うことを我が天職としている。西城大奥の紊乱《びんらん》を探りに行ったわけではない。

にもかかわらず、最近の西城大奥の動向を伝えてきたからには、よほどのことがあったにちがいない。特に、お喜世の方と詮房の接近が目に余るものだったからにちがいない。

家宣がお喜世の方を絶世の美女と寵愛したのに対して、詮房は「水も滴《したた》る良い男」の形容通り、西城大奥女性群の視線と思慕を圧倒的に集める美形であった。

後代家宣は、甲府《こうふ》宰相時代から、美しい能吏《のうり》として詮房を寵任していた。

詮房は、甲府藩士西田喜兵衛清貞《にしだきへえきよさだ》の長男として生まれたが、美しい容姿を買われて猿楽師の養子となったとされている。

詮房は女どもが視線を集めて唾《つば》を呑《の》むほど憧憬《しょうけい》の的《まと》の容姿と、一を聞いて十を知る利発さを駆使して、学臣の新井《あらい》白石《はくせき》とともに、家宣の側用人《そばようにん》として大きな権限を持っている。

明哲《めいてつ》の白石ですら一目も二目も置くという詮房が、西城に起居し、私邸に帰ることがないほどお喜世の方との接近をつづけている。それをおそでは案じていた。

貴和はすでに西城から退いている。

お喜世の方と詮房の接近が、西城大奥の紊乱を招いていることは疑いない。大奥の紊乱が増悪《ぞうあく》すればするほど、後代家宣の立場が悪くなる。

この間、英次郎は、西城大奥に出入りする御用《ごよう》商人（手代《てだい》）を訪ねてまわった。

英次郎が特に当たったのは、大奥と表向《おもてむき》の境界となっている「七ツ口《ななぐち》」と称《よ》ばれる奥女中の買物口で、日用品の注文、納入に携わる御用商人たちである。

七ツ口は、御広敷門《おひろしきもん》から大奥玄関へ向かう右手すぐに引戸付きの板の間があるが、その奥、高さ三尺の手すりで仕切られた場所のことである。御用商人はこの板の間の部屋で手すり越しに商いを行なう。

御用商人が来る日は、大奥最上級の上﨟御年寄《じょうろうおとしより》から末端の御末《おすえ》、御犬子供《おいぬこども》たちまで七ツ口に集まり、外部《シャバ》から持ち込まれた紅白粉《べにおしろい》などの化粧品や、衣服、貸本、菓子、さらに女中たちが「牛の角」と称んでいる性具などを買い漁《あさ》る。

大奥との接触を許される御用商人たちはいずれも好男子であり、奥女中たちは彼らと言葉を交わすだけでも楽しく、指折り数えて七ツ口が開かれる日を待ちかねている。

英次郎は、おそでの情報を踏まえて、七ツ口に入れる御用商人たちを訪ねて歩き、大奥内部の様子をそれとなく探った。

そこで得られた情報には、驚くべき大奥の秘密が隠されていた。

大奥で高級職の奥女中たちは、「代参《だいさん》」という神仏への代理参詣《さんけい》の名目で城外に出られる。

そして、代参は後まわしにして、人気役者たちが妍《けん》を競う芝居町に直行する。お気に入りの役者の芝居見物の後、芝居茶屋の「おたのしみ部屋」と称ばれる奥の一室に贔屓《ひいき》の役者を呼んで、大奥で蓄積していた性欲を晴らす。

芝居見物では、土間《どま》と称ばれる一階の客を見おろす二階の桟敷《さじき》席に、数十人の御末や供侍《ともざむらい》を引き連れて、酒宴を張る。一般の観客の迷惑は、一顧《いっこ》だにしない。

徒目付《かちめつけ》や町奉行所の手の者が注意をしても、大奥の権威を笠に着て耳を貸さず、怒《ど》鳴《な》り散らした。

徒目付らは口惜《くや》しくおもいながらも、幕閣にまで嘴《くちばし》を容《い》れる大奥の権威の前には、黙視せざるをえなかった。

弦一郎も奥女中たちの目に余る酔態を見ているが、へたに口を挟めない。大奥の管理役である留守居《るすい》や町奉行から、

「代参以外に外《おもて》に出られぬ奥女中どもだ。折角《せっかく》の楽しみに、多少、羽目を外しても、まあ、大目に見てやってくれ」

と、言われている。

徒目付や町奉行所の手の者は、口惜し涙をこらえて、引き下がるほかなかった。

だが、英次郎は、ある一人のお店者《たなもの》から、聞き捨てならぬ情報を聞き込んだ。

お店者は十五歳の手代で、まだ少年である。

「口惜しくて涙も出ません。主人に命じられて、七ツ口へ小間物《こまもの》を持参したところ、手渡す際にいきなり手首をつかまれ、手すりの向こうに引き込まれて、多数の女中に奥の部屋で辱《はずかし》めを受けました。私を子供と侮《あなど》って、玩具《おもちゃ》のように扱ったのです。口惜しくて、口惜しくて、涙も出ませんでした。

帰店して主人に告げたところ、

『奥女中のきれいどころたちに筆おろしをしてもらったんじゃないか。口惜しいどころか、羨《うらや》ましいよ。こんな果報に恵まれたことを喜べ。ただし、このことは決して口

外してはならぬ』

と言って、一分金《こっぶ》（約二万〜二万五千円）をくれました。私は、一分金ほどの値打ちしかないということです。おもい出すと、今でも身体が震えます」

少年は言って、事実、身体を震わせた。

（品を納めに来た少年を大奥に引きずり込み、輪姦《まわ》したとは、なんたることか。番所の役人は見ていなかったのか？　大奥と雖《いえど》も許しがたい所業だ）

英次郎も心身が怒りに震えた。

少年の屈辱を本人から聞き出した英次郎は、

（決して放置できない）

とおもうと同時に連想が走り、

（少年を大奥に引きずり込んだほかにも、奥女中は情を通じた男たちを大奥に引き入れ、交わっているのかもしれぬ。大奥を出会い宿にしてはならぬ）

と、表情をこわばらせた。

英次郎は、西城大奥に暴力的に引きずり込まれて輪姦された少年の被害と無念を、弦一郎に伝えた。そして紊乱が拡大しつつある事実を話した。

弦一郎は驚愕した。

大奥は町奉行の所管ではないが、芝居町まで出て来て傍若無人《ぼうじゃくぶじん》の振る舞いをすれば、町奉行の〝獲物〟になる。

とはいえ、大奥は幕府そのものともいえる。へたに手出しはできない。

幕府の恥部を公開すれば幕府の衰弱につながり、長期間つづいた天下泰平が謀叛《むほん》の病巣になってしまう。

だからといって、手をこまねいて放置できない。

「とりあえず、大奥の下《した》っ端《ぱ》から、現に進行中の不調法（しくじり）を追及してはいかがでござろう」

「拙者も思案してござる」

二人の間に提携が成った。

公儀の代参を予期して、英次郎一統および町奉行所の手の者が、芝居町の芝居小屋や芝居茶屋に張り込むことになった。

だが、不調法があっても、相手が大物の場合は荷が重い。

奥女中の職制のうち、上臈御年寄、御年寄、御客会釈《おきゃくあしらい》、御中臈《おちゅうろう》あたりまでは手を出せない。表使《おもてづかい》あたりになれば、手が付けられそうだ。表使は大奥の事務所に相当する御広敷近くに詰めており、御年寄の指図に従って御広敷の役人などを接遇する、おもてなし係である。

一を聞いて十を知る、才知に優れた女中が選ばれる。

「このあたりから一段ずつ昇り、大奥を粛正《しゅくせい》する。ただし、外部に洩れぬように、さりげなく引き立てる（連行する）」

代参は、将軍をはじめ御台所《みだいどころ》（正妻）、あるいは将軍の繋累《けいるい》（家門、一門）の重鎮などに代わって神仏に参詣する。外出に厳しい大奥の女性が、公の役目として公然と外出することができた。

代参の主は、おおむね御年寄であり、表の老中に匹敵する。供の者は、表使、御使番、各局《つぼね》一名ずつ、又者《またもの》（女中の女中）。男は駕籠《かご》かきの六尺《ろくしゃく》、男の供の者七名が、供揃《ともぞろ》いとなった。

御年寄が病や、都合が悪く外出できない場合は、表使が代参の代参をする。

英次郎は、将軍御成《おな》りや代参の供を務めたことがある。それだけに要領を心得ている。

機会は早く来た。

一門に連なる大物の代参を命じられた上臈御年寄が当日、風邪を引いて発熱し、表使が代参の代参を命じられた。

表使中でも勢力の強い奥女中であり、予測した通り、代参は後まわしにして、芝居小屋に直行した。名前は、おそのという。

おそのは、芝居小屋の桟敷席から、上演中の一幕を覗《のぞ》いたのみで、芝居茶屋に移った。

張り込んでいた英次郎と弦一郎は、芝居小屋と直結している芝居茶屋「柳葉亭《りゅうようてい》」に移動した。出番の一幕を終えた人気役者竹名《ちくな》初太夫《しょだゆう》が、おそのを追うように「柳葉亭」に入った。

代参の供の者は、芝居小屋の桟敷席で次の幕を見物している。

英次郎と弦一郎は、目を合わせてうなずいた。

二人は間違いなく「柳葉亭」で落ち合い、乳繰《ちちく》り合《あ》っているにちがいない、と互いの目が語っている。

しばし間合いを見た上で、

(好機到来)

うなずき合った二人は、

「御用改めである」

と「柳葉亭」に入ると同時に、唖然《あぜん》としている茶屋の主や奉公人たちを尻目に、最も奥まった「柳葉の間」に押し通った。

奥の間の艶《あで》やかな衾《ふすま》(掛蒲団《かけぶとん》)の中で、全裸になって激しく交わっているときもとき、突然侵入して来た英次郎と弦一郎に、二人は愕然として、褥《しとね》の上で動けなくなった。

「御代参のはずが、芝居茶屋で淫らきわまる御振る舞い、大奥の上臈御年寄に聞こえたら、なんとしましょうな」

弦一郎が引導を渡すように言った。

「そ、そ、其の方ども、無礼千万。このことを上臈御年寄が知れば、只《ただ》では済むまいぞ」

抱き合ったまま、おそのが辛うじて言葉を返した。

「その通りにござる。只では済まぬ。上臈殿の御耳に達すれば、そなたのみならず、上臈殿の御身も只では済むまい」

弦一郎の言葉に、おそのは、事の重大さを初めて悟ったようである。

「いざ、立ちませい。いざ」

弦一郎に促されても、褥の上で抱き合ったまま動こうとしない。

「ご両所。いかがなされた。御身に不調法なかりせば、出る所へ出て、堂々と申し開きされよ」

英次郎が促しても、二人は一向に動こうとしない。

ようやく英次郎も弦一郎も、二人の様子が尋常ではないことを悟った。

「如何《いかが》なされた」

弦一郎は、二人の顔を覗き込んだ。

「そ、それが……」

ようやく初太夫が顔を隠すようにして答えた。

「それが、どうされたか」

「……体が、体が、離れませぬ」

初太夫の声がおろおろしており、おそのも顔を隠している。

「もしや……」

英次郎と弦一郎が顔を見合わせた。

交合の最中、突然邪魔をされたり驚かされたりすると、結ばれた両人の身体が離れなくなることがあると聞いたことがある。

おそのの秘所は突然の〝褥改め〟に痙攣《けいれん》を起こし、初太夫の根元を銜《くわ》え込んだまま離れなくなったのである。

互いに身体を密着させたまま離れられなくなった二人を、上を何かで覆うにせよ、戸板に乗せて運ぶわけにはいかない。

そのような破廉恥《はれんち》な場面を、賑《にぎ》やかな芝居茶屋に集まっている人びとに見せてはならない。

ましてや、身体が接着したまま離れなくなったその一人が、大奥の表使と知られれば、幕府の権威は地に堕《お》ちてしまう。

医師も呼べない。

英次郎は、たまたま居合わせた弥ノ助を、おそでの許へ走らせた。

かさねの背に跨《また》がったおそでが駆けつけて来て、痙攣の緩和剤を処方して、結合したままだった二人の身体がようやく離れた。

おそのは顔を隠したまま物も言えない。

初太夫は大汗を噴いた身体も拭《ふ》かず、現場から消えた。

「只今のことは決して口外してはならぬ」

解放される前に、弦一郎から強く言い含められた。

おそのは、弦一郎と英次郎に護られて西城へ帰った。

「今日のことはなかったことに致す。お主も決して口外してはならぬ」

弦一郎に言われて、おそのは無言のまま、うなずいた。

今日の芝居茶屋における不調法が上臈御年寄に聞こえれば、即座に大奥から放逐される。実家に不名誉を背負って帰れば、武家の家なら取り潰《つぶ》される。

此度《こたび》の不調法によって、西城大奥の紊乱ぶりが確かめられた。

だが、大奥の耳には伝わらぬように秘匿されたために、大奥自身は表使の不調法を知らず、ますます紊乱は拡大されていくようであった。

英次郎も弦一郎も此度の表使不調法を大奥に伝えたくて、うずうずした。

とはいえ、大奥の知るところとなれば、幕府の体面に疵がつくので、それはできない。

弦一郎は、表使おそのに、お咎《とが》めなしとして放免した見返りに、大奥の紊乱ぶりを密かに伝えるように命じた。

ここに、おそのに代わって、おそのという大奥を見張る橋頭堡《きょうとうほ》が築かれたのである。

おそのは保身のためもあったが、深く反省して、弦一郎にお咎めなしで釈放されたことへの恩も感じ、大奥の風紀の弛緩を逐一《ちくいち》忠実に伝えてきた。

それによると、すでにおそでから伝えられていたお喜世の方と間部詮房の仲は、ますます深まっているようだった。

おそのから、さらに驚くべき情報が伝えられた。

代参先の大手は芝《しば》（増上寺《ぞうじょうじ》）、上野《うえの》（寛永寺《かんえいじ》）であり、霊廟《れいびょう》には管理する別当寺《べっとうじ》が付属している。上野が〝堅物《かたぶつ》〟と称ばれるのに対して、芝は〝見物《けんぶつ》〟と称ばれ、参詣のあと、遊んでいく融通が利いた。

その融通の内容を、おそのから聞いて、弦一郎は仰天した。

別当寺には三十ほど部屋があり、代参者を接遇する坊主が、少なくて五人前後、多いときは八人前後、詰めているという。

坊主の接遇は、男に飢えている大奥の奥女中たちを、褥の上でもてなすことである。

その〝おもてなし〟を受けるために、奥女中は代参の後、必ず別当寺に立ち寄った。代参の寺までが、奥女中と共謀していたのである。

男ひでりもきわまれる〝おもてなし〟であった。

弦一郎からおそのの情報を承継《リレー》された英次郎は、さらに案じたことがあった。

表向と大奥との境界になっている七ツ口を警護する役目は伊賀者《いがもの》であり、添番《そえばん》、締《しめ》戸番《とばん》と称ばれる。七ツ口は、朝五つ（午前八時頃）に開き、夕七つ（午後四時頃）に閉まる。そこの開閉を担当するのが添番および締戸番である。

大奥へ七ツ口の手すり越しに品々が通過する際に、長持《ながもち》や葛籠《つづら》、かなり大きな容器などはその中身が調べられる。

実物は見ていないが、英次郎の連想が頭を掠《かす》めた。目方《めかた》十貫（約三十七キロ）以上のものが入る長持や葛籠の大きさとなれば、人間一人が隠れられる。

男ひでりの大奥に、長持や葛籠の内部に男を隠して運ぶことは、可能ではないか。

英次郎は、自分の大胆な連想に、ぎょっとなった。

奥女中が代参を口実に、御用商人、別当寺の〝おもてなし〟などで、大奥の〝旱《かん》魃《ばつ》〟を癒《いや》しているのは、お喜世の方と詮房の接近に煽《あお》られているからかもしれない。

となると間部詮房は、西城大奥の紊乱の主導者である。

新井白石とともに、後代家宣の両腕として、表と奥を支配しようとしている者がである。

英次郎、弦一郎の耳に触れた情報は重大である。

だが、証拠はない。

芝居茶屋「柳葉亭」のときのように、お喜世の方と詮房が褥を共有している場面を押さえない限り、大奥紊乱の動かぬ証拠は摑めない。

英次郎、弦一郎ともに、大奥には入れない。

貴和はすでに西城を離れており、おそでに証拠集めまでは頼めない。

不意に、新たな連想が疾《はし》った。

（七ツ口の物品流通に関与する者の中に内通者がいれば、誰かを長持や葛籠に潜ませて大奥に忍び入らせることができる。すなわち後代は、派遣刺客にきわめて近い位置にいることになる。大奥へ渡るときに、刺客は、なんの困難もなく後代に接触できる）

だが、長持や葛籠などの大奥持ち込みを禁止することはできない。

将軍宣下、就任の式の前儀式で派遣刺客を討ち果たしたものの、まだ十分に兵力は残っているであろう。

前儀式には元海賊以下、蟻《あり》の這《は》い出る隙《すき》もないほどに厳重な警戒を敷いたが、元海賊はもとより、表向の警戒陣を大奥の周囲に張ることはできない。

七ツ口に詰める伊賀者に接触する機会もない。

英次郎は、おそのを通して、大奥の奥女中の出身地を調べてもらった。

六代将軍宣下《せんげ》

奥女中は、最高級の上臈御年寄《じょうろうおとしより》から表使《おもてづかい》あたりまでが高級であり、その下には御《お》目見《めみえ》以下の役職とされる御三之間《おさんのま》や使番《つかいばん》、御末《おすえ》などがいる。さらに、奥女中が自分の部屋で使う又者《またもの》（部屋方）である御犬子供《おいぬこども》、局《つぼね》、相の間《あいのま》、多門《たもん》、小僧《こぞう》といった下級女中がいる。これら下級女中は、御錠口《おじょうぐち》の番人とは言葉を交わせない。

表使など上級の女中たちには、身分に制限があり、御目見以上の大物武士の娘たちが採用された。

下級女中の出自は、御目見以下の幕臣や、側近小姓の娘が多く、城外では「お嬢さま」と敬われている。

おそのの報告によれば、表使以上の高級奥女中には、尾張《おわり》出身の者はいないということである。

念のためにということで、又者の下級女中を調べたところ、御犬子供の一人に尾張出身の者がいた。

生家は、公儀御用達の本町二丁目御菓子司《おんかしつかさ》「桔梗屋《ききようや》」である。お菓子の好きな西城大奥に、京からの下り物である菓子を届けている。

菓子を大奥中に配るために、かなり大きな葛籠《つづら》、あるいは長持《ながもち》が用意される。

英次郎は、これを怪しいと見た。

本来は衣服、調度などを入れる長持や葛籠を、いかに菓子が大量とはいえ使用するのを不審におもった。

大きな長持や葛籠は二重底にすれば、人ひとりが身を潜められる。

七ツ口の伊賀者《いがもの》が務める締戸番《しめとばん》（番人）と通じていれば、大奥に入れる。

高級女中が男を大奥に引き入れるために、番人を籠絡《ろうらく》できないことはない。

高級女中の癇《かん》に障れば、締戸番の職を失う。

二重底であれば、菓子を納めた長持や葛籠の蓋《ふた》を取っても、菓子が見えるだけで、その底に隠れている人間は見えない。

番人と通じていなくとも、二重底であることが見つけられなければ、大奥に忍び込める。

英次郎は、派遣刺客が大奥に忍び込む可能性は、十分にあるとおもった。

弦一郎も同じ意見である。

早速、表使のおそのに、七ツ口の番人を探索するように命じた。

おそのから返事が来た。

番人は尾張出身の御犬子供とは通じておらず、二重底の仕掛けには気づいていないという報告である。

よほど巧妙に細工をしているにちがいない。

表使のおそのと雖《いえど》も、二重底をいじるわけにはいかない。

英次郎の追及（探索）も、そこ止まりであった。

「私が、おそで先生に頼み込んで、大奥お出入りの際、薬箱持ちをさせていただきたいとおもいます」

と、貴和が言いだした。

「薬箱持ち!?」

英次郎は貴和の言葉に驚いた。

以前、今日の後代家宣、当時の甲府宰相綱豊《つなとよ》が西城に入ったとき、影将軍は、英次郎一統の警備力に目を付け、西城の護衛を申し付けた。

その際、英次郎は間部詮房に頼み、貴和をお喜世の方付きの奥女中にした。

貴和は、綱豊の指名を受けたお喜世の方が持病の偏頭痛を発したため、やむをえず代役に立てて寝所へ向かわせた部屋付き女中を、綱豊を狙う刺客、根来《ねごろ》のくノ一と見破り、事なきを得た。

その貴和が、おそでに随行すれば、百の味方を得たに等しい。

しかも貴和は、後代を護った、西城の功労者として忘れられていない。

貴和を西城の見張りに再任させれば、派遣刺客の潜入を防げる。

大奥紊乱の防止役を理由に、おそのに推薦させたところ、詮房は少し苦い顔をしたが、貴和の艶やかさに魅せられていたので、承諾した。

西城大奥にお須免の方を側妻《そばめ》として送り込んでいる柳沢吉保は、すでにその権力が衰えている。

貴和の西城入りは、大奥紊乱の万全な抑止力《ブレーキ》となる。

(なぜ、もっと早く貴和の起用をおもい付かなかったか)

英次郎は膝を叩いた。

「アルバトロス号」を舞台にした将軍宣下、就任の式の前儀式で〝辻斬〟斬り集団の派遣刺客を撃退した後も、英次郎一統は〝辻斬〟斬りの残党を警戒する弦一郎に協力して、その動きに対応すべく網を張っていた。

だが、〝辻斬〟斬りの気配は、胡麻粒《ごまつぶ》ほどもない。

江戸っ子のナイトライフは、盛んになる一方である。

「〝辻斬〟斬りが巷《ちまた》に気配すら残さないのは、大奥への侵入に総力を傾けているからではないのか」

と、英次郎はつぶやいた。

「となると、貴和さん一人で対応できるか？」

主膳が問うた。

「貴和さん以外には、大奥入りを許されていない。貴和さんならば、心配はない」

「むしろ、おつりが来るだろう」

道之介が茶々を入れた。

「おつりが来るようであれば、心配はせぬ。〝辻斬〟斬りが総力を挙げれば、貴和さんとて簡単にはいくまい。我々に貴和さんの支援はできぬのか」

主膳が案じた。

「不安であれば、御後代にすがる。だが、軽々しく、御後代を煩《わずら》わすわけにはゆかぬ。江戸の夜も放置できぬ。おそでさんと貴和殿、これに表使のおそのが付いている。危険があれば、手を尽くすでしょう」

村雨が言葉を挟んだ。

貴和は、大奥内だけでなく、代参行列にも同行する。

弦一郎以下奉行所の手の者が、代参行列を陰見張りしている。

大名行列を凌《しの》ぐような代参行列に、〝辻斬〟斬りが紛れ込むかもしれないからである。

代参は御年寄と相場が決まっており、駕籠は紅網代《べにあじろ》、窓に紋がついている。高貴の者専用の駕籠である。

代参の帰途、芝居見物が当然の行事となっているが、中には、代参は後まわしで、まず芝居見物、つづいて、かつてのおそののように、芝居茶屋に意中の役者を呼び込み、溜《た》まりに溜まった性欲を晴らし、空《から》の駕籠だけを寺に送る場合もある。

だが、貴和が同行すれば、そのような芸当はできない。

御代参の筆頭にとっては、貴和の警護同行は痛し痒《かゆ》しであった。

江戸の季節は素早く交替する。

花火の一瞬の色彩が、空高く炸裂する轟音《ごうおん》とともに、めっきり涼味を増してきた大空に消えてゆく。

江戸の打ち揚げ花火は、記録では寛文《かんぶん》年間（一六六一〜七三）に規制を受けながらも、涼み船期間中、両国付近で江戸の空を彩ったのが始まりである。

男に飢えている大奥の高級女中たちは、遠い花火の音に耳をそばだてながら芝居町《しばいまち》におもいを馳せ、恋しい男をおもって秘所を濡らしている。

――花火より男恋しき遠き空――

そんな句を自分の胸に秘め、七ツ口で日用品とともに購った牛の角（性具）で、わびしい褥の自分を慰める。

又者の下級女中たちは、七ツ口での買物を唯一の楽しみにしている。

その買物すら、さまざまな制限がある。

――七ツ口買えるものなら男こそ――

そんな川柳が大奥に流行る。

大江戸の空が高くなり、涼やかな風が大奥の窓を吹き抜ける頃、七ツ口に、紅白粉から小間物や絵草子《えぞうし》などまで売りに御用聞きが来た。

このときだけは、最高級の上臈御年寄から最末端の御末まで集まる。

大奥では御末として扱われていても、実家に帰れば、多くは豪商の〝お嬢さま〟である。

実家から金はいくらでも貰《もら》える。

七ツ口には、貴和も姿を現わした。

買物ではなく、添番《そえばん》（番人）と御用商人をそれとなく見張っている。

その日は、御菓子司「桔梗屋」が、大奥の女たちの大好きな各種菓子を葛籠に入れて運んできた。女たちから歓声が上がった。

見るだけでも唾《つば》が溜まるような、京から下ってきた美味しそうな菓子が、葛籠の蓋の下にぎっしりと詰まっている。

京から下って来る菓子に対して、江戸の菓子は「下らない」とされている。京菓子は江戸菓子に比べて圧倒的に美味い。

買った菓子は上臈御年寄も、家に帰ればお嬢さまの御末も御犬子供も、それぞれの付き部屋に持ち帰って、そこで初めて口に入れた。

その瞬間だけは、最高級奥女中から御犬子供まで同列であった。

京菓子は、江戸菓子と異なり、美しい。食べるのが惜しいほど美しい。そして、その美しさに比例して美味である。だから、味わう前の京菓子を買う時間も美味しい。

葛籠の菓子がおおかた売り切れたとき、貴和が動いた。まさに電光石火の早業で、懐中に隠していた懐刀《ふところがたな》を取り出すと、葛籠の底に突き立てた。

七ツ口に集まっていた奥女中たちは仰天した。

浅野内匠頭《たくみのかみ》が殿中で小刀《しょうとう》を抜き、斬りつけたことで即日切腹を命ぜられたのと同じように、貴和は西城とはいえ大奥すなわち殿中で刃を抜いたのである。

貴和が突き立てた懐刀の刃先から悲鳴が聞こえた。

周辺に居合わせたすべての者は、貴和を除いて、まだ葛籠が二重底になっていることに気がつかない。

「貴和殿、乱心」

上級女中が驚愕から醒《さ》めて、一斉に叫んだ。

だが、次の瞬間、引き抜いた貴和の懐刀の先端が血に染まっているのを見た奥女中たちは、貴和が乱心したのではないことを察知した。

貴和は懐刀を構えたまま、葛籠の底板を取り除いた。

二重底の下で見知らぬ男が一人、心の臓を突き通され、即死していた。

二重底の下の狭い空間に隠れ潜んでいた男は、貴和が突き入れた懐刀の切っ先を避けられず、死の急坂を転がり落ちたのである。

葛籠の二重底の下に隠れて、買物が終わった後、抜け出す手筈《てはず》であったのだろう。

お喜世の方の部屋に御成りになる、後代を暗殺するための派遣刺客であろうか。

とすれば、後代の御成り予定が派遣刺客の耳に入っていたことになる。

貴和が西城大奥にいなければ、後代の命は危なかったかもしれない。

それから間もなく、影将軍は後代家宣への譲位を正式に宣言、家督を譲った。

西城は沸き返った。

形式上は、将軍宣下によって初めて将軍となる。

徳川宗家の家督相続が行なわれればもう事実上は将軍であるが、徳川幕府の制度として、家康以後、帝《みかど》の宣下を受け、晴れて将軍となる。

だが、それはあくまで儀式にすぎない。

都こそ京だが、実権は帝になく、天下を制覇した徳川幕府が握っている。

将軍宣下は、朝廷から勅使、院使、女院使《にょいんし》らが江戸へ下り、正使、副使が帝から託された宣旨《せんじ》を入れた覧箱《らんばこ》を持参する。高家《こうけ》肝煎《きもいり》が受け取り、これを後代に奉《たてまつ》り、将軍宣下となる。

宝永《ほうえい》六年（一七〇九）五月一日、家宣は将軍宣下の儀式に臨んだ。

ここに六代将軍家宣が成り、五代の影将軍は大御所に昇った。

六代将軍宣下と同時に影は隠居の形をとったが、蒲柳《ほりゅう》の質の家宣の背後を固め、武家の棟梁《とうりょう》として隠然たる力を維持した。

政権を補佐するため、家宣は甲府時代から師として尊崇してきた新井白石、及び法務、人事、財政、外交その他、多方面で辣腕《らつわん》を振るう間部詮房を、政府の政治顧問として重用した。

二人の側近は家宣の将軍就任まで権力を独占していた柳沢吉保の体制を改革し、幕政を刷新、新しい風を吹き込んだ。

吉保一人の意志によって行なわれた幕政は、綱吉の急死に伴い、英次郎以外にはだれにも察知されなかった稀代の名君・影将軍によって色合いを薄められてきたが、六代将軍家宣の就任と同時に、完全に払拭《ふっしょく》された。その一方で影将軍の発言力は依然として大きかった。

大御所となった影将軍は、江戸城を退き、柳沢吉保の邸内に行殿《あんでん》(将軍御成りの迎えの屋敷)として造成された、柳沢邸の三割ほどの面積を占める殿舎《でんしゃ》に移住した。

将軍交代により失脚した吉保の私邸の一部を我が住居としたのは、影将軍のおもいやりである。

権力の最高峰に登り詰めた者は失脚と同時に墓まで荒らされる。そんなことのないようにと、影将軍の無言の配慮であった。

英次郎は、城内の御駕籠口《おかごぐち》へ召《よ》ばれることはなくなったのである。

だが、召ばれる場所が変わっただけで、元影将軍の召しがなくなるわけではない。

現将軍家宣は、旧居の西城大奥に、男が七ツ口の商いに乗じて二重底の葛籠に潜んで忍び込もうとしたとの報告を、すでに受けている。

貴和によって発見され、その場で仕留められたが、それで大奥の紊乱が掃除されたわけではないので、男ひでりに乗じて、また曲者《くせもの》が侵入を図るやもしれない。

柳沢吉保の私邸に移住した元影将軍は、御駕籠口と同じような御召口《おめしぐち》を柳沢邸の一角に設けた。

柳沢邸は、英次郎にとっては、彼の人生を大きく変えた場所である。そこで先代綱吉が急死し、なにごともなかったかのような顔をして帰城しようと玄関式台に出て来た綱吉を、別人と見抜いた英次郎に怪僧隆光《りゅうこう》が気づいた。

隆光が察知しなければ英次郎も黙しており、牙《きば》を抜かれた忍者の末裔《まつえい》として門番や、高官あるいは代参行列のお供をしていればよいはずだった。それが影の将軍と正体を見抜いたばかりに、波瀾万丈《はらんばんじょう》の人生を歩むことになってしまった。

元影将軍の呼び出し場所は、江戸城の御駕籠口から柳沢邸内の殿舎の御召口に変わった。

柳沢邸の表御殿よりも殿舎のほうが立派で、それだけ柳沢吉保の絶対的だった権勢がよくわかる。

家宣が六代将軍に就任し、元五代影将軍が大御所となってから間もなく、英次郎に、柳沢邸の殿舎内の御召口に伺候《しこう》すべしと使者が来た。

大御所から内命が下るにちがいないと、英次郎は予感がした。

英次郎にとっては初めての御召口であり、側近の小姓が殿舎の通用口から御召口へと導いた。

先代将軍、大御所はすでに一人で待っていた。

「健やかでなにより。近《ちこ》う参れ」

御簾《みす》を巻き上げた部屋の中から、元影将軍が手招きした。

「大御所様には、常にお健やかにあらせられ、祝 着至極《しゅうちゃくしごく》に存じ奉ります」

「左様《さよう》な角張った挨拶は無用。近う寄れ」

と、影は手招いた。

言われた通り、御簾を巻き上げた近くまで膝行《しっこう》した。

「よう参った。一統の者どもも変わりはないか」

影は、ねぎらうように言った。

「御心遣い、ありがたく、嬉《うれ》しゅう存じ奉ります」

「おそでも相も変わらず忙しゅう動きまわっておるようであるな」

秘匿されてはいるが、おそでの真の父親は影である。

将軍職を譲った後、おそでと二人で過ごすのが影の夢である。

だが、おそでは奥医師であると同時に、手当て所（養生所）の医師も務めている。

今さら父親を名乗って、おそでを独占できない。天才的な医師として知名度が高く、難病の者は、おそでにすがってくる。

影は大御所となり、おそでを見守っているが、丈夫な彼は、おそでを召ぶ理由がない。

将軍の座を利用して、日々の診察をする御目見医師に代えてまで引見することはしなかった。

「其《そ》の方《ほう》に内々申し付けることがある」

影は早速、本題に入った。

「なんなりと……」

英次郎は面《おもて》を上げて答えた。

「西城大奥に葛籠に隠れて密入した男を、其の方は、なんと見るか」

影が問うた。

「畏《おそ》れながら、私めが軽々しく推察すべきことではございませぬ」

英次郎は答えた。

「其の方の意見を聞くために召んだのである。おもうがままに言うてみよ」

影はすでに英次郎の答えを予知しているようである。

「畏れ入り奉ります。拙者、おもうに、大奥の紊乱は、度を超えております。七ツ口では奥女中が日用品の買物と偽り、御用商人と連携して、商品を入れた葛籠や長持を二重底にし、男を大奥に引き入れております。これに気づいた我ら一統が、二重底の下に潜んでいた男をその場で討ち果たしてございます」

「西城大奥の紊乱ぶりは、余の知るところでもあった。大奥の男ひでりを癒《いや》すために、外部から男を引き入れておることは、余もうすうす承知しておったが、その男はそれに便乗したのであろう。其の方、なんと考える」

「紊乱への便乗とあれば、別の目的があったはず……と心得ますが……」

「其の方、承知していて、大奥の紊乱にかこつけ、男を成敗したのではないのか」

「ははっ……畏れ入り奉ります」

「遠慮は無用。其の方、気づかぬふりで、西城大奥を監視していたのではないのか」

「畏れ入り奉ります」

英次郎は再び額を床にこすりつけた。

英次郎が言える言葉はない。

「其の方の辛《つら》い立場もわかっておる。代わりに、余が語ろう。心して聞け」

「ははっ」

「監視の目的は大奥の紊乱にあらず。西城大奥を狙った派遣刺客であったのだ。その派遣刺客は膝元を騒がす〝辻斬〟斬り集団の者であろう。二つは連動している。今や西城大奥は本丸の大奥へ移った。よって、監視を本丸へ移してつづけよ。そして曲者を見つけたら、問答無用、葛籠や長持の二重底に閉じ込められていれば、どんな遣い手であろうと、後《ご》の先《せん》は取れぬ。容赦なく潰《つぶ》せ」

「お見通し……畏れ入り奉ります」

英次郎は、影の的確な見通しに驚愕した。

〝辻斬〟斬り集団の黒幕は、西城大奥のときと同様に、大奥の男ひでりに乗じ、御用商人たちの七ツ口での商いに紛れて、商品を詰めた葛籠や長持を二重底にして、そこに派遣刺客を潜ませ、大奥で家宣を抹殺《まっさつ》しようとしている。

大奥に入り込めば、家宣は派遣刺客の間合いに入る。六代将軍家宣を抹殺すれば、幕府の力は衰える。

西城大奥で葛籠に潜んでいた男は〝辻斬〟斬りの派遣刺客の容疑がきわめて濃厚と英次郎は考えていた。だが、影はまさにそうだと見通し、それが本丸大奥でもなされることを阻止せよと命じたのである。

断固たる密命であった。

元影将軍の大御所はつづけて命じた。

「ただし、本丸大奥は西城大奥とは違う。本丸大奥の紊乱はそれが明らかになれば、それだけで幕府の威信を損ない、将軍の立場を追いつめることになる。大奥の腐敗は表向の腐敗だと批判の的となる。何者かがすでに、本丸大奥の紊乱を陰から、外から、あるいは内から、煽《あお》っていないともかぎらぬ。よって、派遣刺客への監視は言うまでもないが、大奥の乱行そのものにも目を光らせよ」

〝辻斬〟斬りを送り込み、お膝元を騒がせる一方で、〝辻斬〟斬りの本当の狙いは、本丸大奥へのなんらかの策謀かもしれないので監視を怠るな、と影は言ったのだ。

そう考えると、お膝元の〝辻斬〟斬りは本当の狙いから目を逸《そ》らせる役も担っているのかもしれない。

となると、そこまでする力は水戸にはない。
紀州は有力な吉宗を擁《よう》しており、自ら首を絞めるようなことはしない。
残るは尾張だけである。
影の前から退がった英次郎は、改めて影の視野の広さ、深さに驚いていた。

紀《き》伊《い》の藩風

英次郎は一統を集めて、先代将軍の影から下された内命について皆に諮《はか》った。

大奥に〝辻斬〟斬りの刺客が入って来るだけで、幕威は落ちる。

だが、本丸の大奥に出入りできるのは、家宣の六代将軍宣下に伴って西城の奥向のほとんどが本丸の大奥へ移った際に、共に移ったおそでと貴和の二人だけである。

おそでは医師であり、人の命を生かすことが天職である。

となると、〝辻斬〟斬りの刺客を本丸の七ツ口でも阻止できるのは、貴和一人である。

「貴和さんの腕は信じておるが、敵が複数の葛籠の二重底に隠れて七ツ口に入り、ほぼ同時に二重底から脱出した場合、貴和さん一人で阻止できるか」

主膳が問うた。

その可能性を最も恐れるのは、英次郎である。

葛籠の一つで二重底が見破られたと気配で察知されれば、同時に複数の〝辻斬〟斬りが二重底を撥《は》ね上《あ》げ、飛び出してくるであろう。

そのとき、おそでが助け船を出した。

「貴和さんは御用達の対応にお忙しいことにして、皆さんに『御宰《ごさい》』になってもらってはいかが？」

御宰とは、忙しくて買物に出られない御年寄や中臈など高級女中が雇っている部屋付きの下男であり、雑用を担当している。

御宰の数は多いので、何人かが紛れ込んでもわからない。

英次郎以下、一統は、元影将軍の大御所およびおそでの口添えによって、「御宰」として七ツ口の土間までの出入り許可を得た。

女中たちは各自、望みの紅白粉、小間物、草紙、衣類、薬品などを紙片に書き、七ツ口に出しておくと、必要なものが手に入る。

売り物に必要な物品がない場合は、次回に納入される。

奥女中たちは、御宰に紛れた英次郎以下一統を歓声を上げて迎えた。

女中の中には、一統に恋文を書く者すらいた。

だが、西城大奥で二重底の葛籠に潜んだ侵入者が貴和に成敗された後の本丸大奥では、さすがに二重底の長持や葛籠は運び込まれなかった。

英次郎は、御用商人に化けて刺客が侵入してくる可能性もあると睨《にら》んでいた。尾張の刺客となる甲賀忍軍は開祖以来家中に養われてきただけあって、執念深い。一人や二人の刺客が失敗しても、決してあきらめない。

しかし英次郎一統の警備下で、七ツ口に出入りする御用商人に怪しい気配は感じられなかった。

この間、宝永六年（一七〇九）七月、お喜世の方は、六代将軍家宣の子を西城において産み、幼名を鍋松《なべまつ》と称した。

家宣には、御簾中《ごれんじゅう》（正妻）熙子《ひろこ》以下、側室との間に六人の子がいたが、いずれも早世し、お須免《すめ》の方が産んだ大五郎《だいごろう》も宝永七年八月に急死した後は、鍋松だけが家宣の男児として生き残った。

その結果、お喜世の方は大奥では三ノ御部屋と称《よ》ばれ、次代将軍のおふくろさま（次代将軍の生母）として絶大な権力を握った。

この時期、三ノ御部屋に仕え、大奥で権勢を振るったのが御年寄の江島《えじま》（絵島）であった。江島は三ノ御部屋に命じられて、芝《しば》・増上寺《ぞうじょうじ》に代参することが多かった。

三ノ御部屋の威光を笠に着た江島は代参に味をしめ、その都度、木挽町《こびきちょう》の山村座《やまむらざ》に直行して、一行とともに芝居見物を楽しんだ。

二階桟敷《さじき》を大勢で占拠し、人を人ともおもわぬ傍若無人な観劇をした。

観劇の後は芝居茶屋で酒宴を催し、人気役者生島新五郎《いくしましんごろう》を呼びつけ、大いに盛り上がった。

南町奉行所の同心・祖式弦一郎は一行の振る舞いを苦々しく見守っていたが、江戸城奥向のおふくろさま付きの重職にある江島を窘《たしな》められなかった。

弦一郎から江島の傍若無人ぶりを伝え聞いた英次郎は、尾張が江島を監視しているにちがいないと睨んでいた。

尾張にとって江島は、絶好の攻め口であった。

代参の当日、あるいはその日以後二、三日のうちに、それを利用して刺客が来る可能性が考えられた。

家宣が六代将軍職を継いで間もない時期が、最も危険だった。江島の傍若無人ぶりに加え、西城大奥から持ち込まれた紊乱の空気が、本丸大奥の規律を乱し、隙を倍化させたからである。

だが、英次郎らの懸念と監視の中で、月日は流れた。家宣は「生類憐《あわれ》みの令」を廃止し、幕府儒官（政治顧問）として重用した新井白石と側用人間部詮房の補佐によって、法務・人事・財政・外交・制度等、多方面にわたり、生来の才能を発揮した。彼にとって足りないものは、健康だけであった。

それが、元影将軍の大御所が案じることだった。

六代将軍の健康不安を見越したように、後継者諍いが熾烈《しれつ》となった。

後代将軍候補者として最も可能性が高いのは、紀州藩主吉宗である。次いで尾張藩主吉通《よしみち》の可能性が大である。

水戸家も後継競争《レース》に参加しているが、尾州と紀州が大きく引き離している。つまり、尾州対紀州の競走《かけくらべ》となる。

後代諍いが激しくなったのに比例して、大奥でも、幼年ながら家宣の男児である鍋松のおふくろさまの三ノ御部屋と、初めはお須免の方の子、大五郎を推していたが、大五郎の死後は家宣と同腹の弟松平清武《まつだいらきよたけ》を支援するようになった正室の熈子が対立した。

正室と側室では、正室のほうが格は高いが、三ノ御部屋は家宣の子鍋松の将軍後継が制度典礼に適《かな》っていると主張した。

大奥での第七代将軍の推薦競争の煽りで、尾張家の旗色が悪くなってくると、英次郎は六代家宣の子の鍋松の身辺が危うくなると予感した。

そうした中、六代将軍は就任三年後の正徳《しょうとく》二年（一七一二）九月、流感に罹《かか》り余病を併発、おそでが全力を尽くして治療を施したものの、同年十月十四日、五十一歳で没した。

そして、正徳三年（一七一三）四月二日、鍋松から改名した家継《いえつぐ》が将軍宣下を受け、五歳で七代将軍となった。

家宣の死去により、三ノ御部屋ことお喜世の方は落飾《らくしょく》して月光院《げっこういん》と号し、正室熙子は同じく落飾して天英院《てんえいいん》と称した。

七代将軍に家継が就いてからの幕政は、前代につづいて側用人の間部詮房と新井白石が主導して行なわれた。

さらに、大奥の二人の女性《にょしょう》、月光院と天英院の対立も、前代につづいてくすぶっていた。

英次郎一統は交代で御宰に紛れて七ツ口に集まり、大奥三千と言われた奥女中たちの動静に目を光らせていた。

正徳四年（一七一四）一月十二日、江島は月光院から日頃側近として働いてくれている〝謝礼〟として、木挽町「山村座」の芝居見物を、芝・増上寺代参の名目でプレゼントされた。

この日、山村座の観劇を堪能した後、生島新五郎や、大奥出入り商人を交えての酒宴で大いに盛り上がり、帰る時間を忘れ、御錠口《おじょうぐち》の門限、暮れ六ツ（午後六時頃）に間に合わず、すでに閉門されている出入り口を、月光院の威光を借りて開けさせ、ようやく居室に戻った。

ほっと一息ついていると、大奥出入り商人の贈り物が七ツ口に届いたとの知らせが入った。待っていた江島は、全身が熱くなるのをおぼえた。

だが、そのとき、七ツ口では大事件が発生していた。

出入り商人の贈答品を収納している長持から、七ツ口の融通の利《き》かない番人によって、大奥立入禁止の〝贈答品〟が発見されたのである。

その日、七ツ口を見張っていた貴和と土間に控えていた主膳及び村雨の三名が、月光院の許可を得て江島の私室に搬入するという御末の陳弁《ちんべん》に耳を貸さず、その場で長持の蓋を開け、二重底の下に隠れ潜んでいた人気役者生島新五郎を発見、引きずり出していた。

西城で発覚した前例では貴和に始末されて終わったのに対して、生島は捕らえられ、江島は、

「大奥取締要職として厳しく目配りすべき立場にありながら、男子禁制の大奥私室に河原者《かわらもの》（役者）を引き入れようとは、言語道断。不届き千万である」

と、難詰《なんきつ》された。

しかも生島新五郎は、道之介の調べから、単なる人気役者ではなく、尾張藩家祖以来養われた忍者の家系であることがわかっていた。

英次郎一統や弦一郎は、新五郎が尾張家から派遣された忍者であることに驚いた。

ただし、捕らえたとき武器など凶器の所有は認められず、新五郎が幼将軍家継を狙った派遣刺客であるとする証拠はなかった。

江島の取り調べでの証言によると、江島を大奥の橋頭堡《きょうとうほ》として、次代将軍を尾張から出すための工作をしていた様子がうかがえた。

大奥の紊乱に便乗して大奥まで入り込み、江島の私室に籠《こ》もって褥《しとね》をともにすることで、江島を操縦しようとしていた、と考えられた。

さすがの月光院も、大奥の腐敗を看過《みす》ごすことはできず、

「厳しく糺《ただ》すべし」

と、自分のことは棚に上げて、強く主張した。

江島をへたに庇護すれば、天英院のおもう壺に嵌まり、権勢を奪われてしまうからだ。

糾問《きゆうもん》されたのは、江島と生島二人だけではない。

江島の代参はいつも、御年寄宮路《みやじ》、御中﨟梅山《うめやま》、表使吉川《よしかわ》、御三之間木津《きづ》、使番木曾路《きそじ》、御用人およの、御小姓おげん、以下、末の女中や供侍を含めて百三十人という豪勢な行列であった。

この大行列の人数のみならず、江島は大奥においては、二百八十余名の女中たちを派閥に抱え、月光院の七光だけとは言えない独自の権勢を誇っていた。

江島は代参に便乗し、呉服師後藤縫殿助《ごとうぬいのすけ》、その手代次郎兵衛《じろべえ》などに命じ、山村座二階桟敷五十間を買い切り、代参そっちのけで、酒宴に興じた。観劇中も、百数十人の従者プラス座付作者、出入りの商人、奥医師、生島が率いる数人の人気役者、座主までが侍《はべ》って、他の観客たちの迷惑を顧《かえり》みず、喧騒《けんそう》をきわめた。

傍若無人の酒宴に我慢がなりかねた徒目付《かちめつけ》松永弥一左衛門《まつながやいちざえもん》、及び小人目付岩崎忠七《いわさきただしち》が、

「ここは芝居見物の小屋でありまして、桟敷で酒宴をなされては、舞台の台詞《せりふ》も消さ

れ、芝居を楽しみにしている観客たちは、大いに迷惑を被《こうむ》ってござる。酒宴は別の場所に移していただきとうござる」

と、注意したことがあった。すると、

「ここにいるのは、月光院様に仕える大奥の者どもである。その方ごとき不浄役人《ふじょうやくにん》に、あれこれ指図は受けぬ。身の程知らぬ無礼者め。さがりおろう」

酔《よ》い痴《し》れた江島は盃に満たした酒を、松永と岩崎にかけた。

辛抱強い両人も、不浄役人呼ばわりをされた上に、酒までかけられ、さすがに我慢の限界を超えた。

二人は、言語道断の江島の無礼を若年寄に上申した。

そういうこともあって、かねてより伝え聞く大奥の乱行と、表にまで嘴《くちばし》を容《い》れる奥女中の専横を苦々しくおもっていた老中秋元但馬守《あきもとたじまのかみ》は、若年寄と評議を重ね、大奥で紊乱に関わった江島以下、派閥の女中を一斉に吟味《ぎんみ》にかけた。

これまで大奥を治外法権としていた表も、ついに堪忍袋《かんにんぶくろ》の緒が切れたのである。

月光院の絶大な権力にもかかわらず、徹底的に大奥の風紀改革が始められたが、英次郎にはあまり興味がなかった。

大奥の紊乱も表への口出しも要するに女性の我儘《わがまま》であり、男が許しているだけである。

英次郎が関心を持ったのは、生島新五郎の忍者という素性である。

生島は大奥の実権を握っている江島と男女の関係になることで、江島を通して月光院と親しい仲の間部詮房に働きかけ、次期八代将軍を尾張から出してもらおうとした、と考えられはしたが、そんな単純な理由で大奥へ潜り込んだとはおもえない。

やはり、江島は大奥に忍び入るための道具だったのではないのか。

江島が道具であるとすれば、生島の本来の目的はなにか。

英次郎は、大奥の腐敗は表向の腐敗だと批判の的になると言った、影の言葉をおもい出した。

お膝元《ひざもと》で〝辻斬〟斬りを断行して江戸の町を恐怖に陥《おとしい》れたように、大奥にさらなる騒乱をもたらし、幕府の混迷を煽ることが真の目的だったのか。

〝辻斬〟斬りの騒乱の現場を、大奥に生み出す目論見《もくろみ》があったのか。では、いったいどのように……。

英次郎は弦一郎に諮《はか》った。さらなる調べが必要と、彼も同一意見であった。

正徳四年、江島は死一等を減じ、流罪と決まった。さらに月光院の嘆願で高遠《たかとお》藩主内藤清枚《ないとうきよかず》預かりとなって、信州高遠に送られた。

一方、生島は三宅島《みやけじま》への配流が決まった。派閥に属する女中たち全員が処分され、芝居者や呉服師その他商人たちも、ことごとく処罰された。

山村座も廃業の憂《う》き目《め》にあった。

芝居者として町奉行に預けられた生島新五郎に、弦一郎が滅多にかけない拷問を行なった。

「お主は最初から芝居者ではない。芝居者である前に、尾張家に飼われた甲賀忍軍の後裔であることは、すでに調べがついている。お主も、主家の命により派遣された〝辻斬〟斬りの一味の一人にちがいなかろう」

なにを問われても口を結んだままでいる生島は、笞打《むちうち》に続いて石抱《いしだき》の拷問にかけられたが、一言も口を割らない。

石抱は木を三角形にし、少し角をとった算盤板《そろばんいた》を五本並べ、その上に囚人を裸身のまま正座させ、膝より足の甲まで五本の三角が当たるように配置する。膝の上に、長さ三尺・幅一尺・厚さ三寸・目方十三貫ある伊豆石《いずいし》を五枚載せる。

それでも白状しない囚人には、さらに五枚加える。

生島が白状しないので海老責《えびぜめ》、釣責《つるしぜめ》にかけようとした係役人を、弦一郎が止めた。

「海老責、釣責をしようと、この男は口を割らぬ。そのこと自体が彼奴《きやつ》が甲賀忍軍の後裔であることを暗黙の裡《うち》に語っている。この者は尾張から来た忍者であり、死んでも口は割らぬ。拷問に耐えたこの男を見ていて、素性がわかった。口は割らずとも彼は〝辻斬〟斬りの仲間であり、大奥に入り込んでなんらかの騒乱を画していた刺客にちがいない。手当てをして三宅島へ送れ」

と、弦一郎は言った。

大奥の乱行は徹底的に排除された。

江島生島および派閥に属する女中や、芝居者、関わりのある商人たちをことごとく処分した後、元影将軍から召しが来た。

元影将軍は、今は六歳の幼将軍、家継の後見をしなければならない。

だが、影は、決して自分では実権を握ろうとはしない。

影の目から見れば、家継は、真の候補者が後継するまでの人形にすぎなかった。心の内では、紀州藩主吉宗が将軍職を後継すべき最良《ベスト》の候補者であった。

影からの召しは、その件についてにちがいないと英次郎は予感した。

影は英次郎を待ちかねていた。

家宣亡き後、影は陰で「祖父御所」とも称ばれていた。

「将軍職を継いだとはいえ、幼年の家継に徳川の屋台骨を支えるのは無理じゃ。紀州藩主吉宗こそ理想的な後継者である。

だが、吉宗を後継者とすることを、面白くなくおもっておる者も少なくない。奥女中を誑《たぶら》かし、大奥の乱行を煽り、大奥を腐らせると同時に幕府を混迷に陥《おとしい》れようとしている者どもがいることは、今般の江島生島の騒動で明らかである。吉宗の後継指名を急がねばならぬ。

すでに申し付けておるが、其《そ》の方《ほう》、一統の総力を挙げて吉宗を護れ。それも影護《かげも》りに務めて、決して吉宗に悟られてはならぬ。

山村座は二月八日をもって廃業となった。〝辻斬〟斬りどもの江戸拠点であったのであろう。だが廃業をもって〝辻斬〟斬りが消えたとは言えぬ。参勤交代による江戸詰の間はもちろんであるが、紀州へ帰っても、危険が去ったとは言えぬ。其の方、一統を率いて、吉宗後継まで護り通せ。其の方以外に吉宗を護れる者はいない。其の方が余《よ》を護ってくれたように、吉宗を護れ。吉宗自身を護るとおもうな。累代《るいだい》徳川宗家を護れ。徳川宗家の今日および未来は、其の方の双肩にかかっておる。余は吉宗に政権を渡すまでは、死んでも死なぬ。余はすでに影ではない。徳川の守護神であれと、家祖神君（家康）から申し伝えられた。其の方に申し付けることは、神君の言葉とおもえ。また、余を影ではなく、神君その人とおもえ。其の方は、神君から授けられた守護神である。頼むぞ」

影の言葉は真剣であり、まさに神君家康が影の身体を借りて甦《よみがえ》り、英次郎に、神君その人の言葉を伝えているように聞こえた。

英次郎は影の命令を聞きつつ、自分自身が、信長《のぶなが》に招ばれて京から堺《さかい》に赴いた際に本能寺《ほんのうじ》の変で敵中に置かれた家康公を、無事に三河《みかわ》まで送り届けた先祖になったような気がした。

影の同じ密命は、これで三度目になる。

英次郎は徳川家に忠誠を誓ったわけではない。綱吉の急死に伴って実権を握った、稀代の名君・影将軍に忠誠を誓ったのである。

影に対する忠誠が、ゆくりなくも徳川宗家に対する報恩となった。

「委細、承知仕《つかまつ》りましてございます」

英次郎は答えた。

影の面《おもて》に安堵《あんど》の色が塗られた。

今、影が最も頼りとする者は英次郎およびその一統である。

江戸は、あきらかに変わった。

先代綱吉の急死とともに、名君影将軍が登場して、江戸は稀代の悪法「生類憐みの令」が廃止に向かい、人間の命が生類よりも尊重されるようになって、昏《くら》かった江戸の空が、青空に変わった。

将軍を家宣が後継《バトンタッチ》して、死にかけていた江戸が息を吹き返した。

だが、家宣は在位わずか三年余にして流感から余病を併発して、五十一歳で没した。

家宣を後継した家継は幼すぎた。

この間、元影将軍は背後から政治の刷新に手を貸したが、院政はとらなかった。

かといって、幼君家継を支えるにも限界がある。影はすでに、紀州藩主吉宗に徳川宗家の命運を託そうと決めていた。

吉宗自身が将軍後継を望んでいるわけではない。

吉宗について集められる限りの文書、伝え聞きを集め、子供時代から、奔放ながらも質実剛健で、頭脳極めて明晰《めいせき》、いっときも動かずにはいられない行動的な性格で、大胆不敵であり、病人おもいの、優しく繊細な心の持ち主であることがわかっている。

吉宗は、第二代紀伊藩主光貞《みつさだ》の四男であり、表舞台への登場はまずありえないと考えられていた。それが長兄綱教《つなのり》が死去、次兄次郎吉《じろきち》は元服前に没していたから、三兄頼職《よりもと》が後継したものの、これもまた死去。到底ありえなかった紀伊藩主の座が奇蹟的に吉宗にまわってきたのである。

吉宗の紀伊藩主就任時期は、藩財政が火の車で押し詰まり、大藩でありながら貧乏のどん底にあった。これを吉宗は自ら質素に努め、緊縮政策、倹約第一主義のもとで、全藩士の家禄から五分を上納させ、有能な領民を集めて意見を聞いた。訴訟箱を設置して全領民から意見を集め、藩外で一文《いちもん》たりとも金を落とさぬように命じた。

それも、できぬことを命じているのではなく、できないことをできるように奨励し、訓令し、藩財政に貢献した領民には褒美を取らせた。

単なる緊縮政策ではなく、武士も領民も一丸となって新田開発や、用水の開削《かいさく》に当たった。

藩士と領民の団結により、士民が親和的になり、藩風があたたかくなった。

今日の御三家の中で最も優れた人材、と影は見たのである。

これに反して、尾張の藩風には棘《とげ》がある。さしたる努力もせず、競争相手をひたすら妨害するために甲賀忍軍を江戸に派遣して〝辻斬〟斬りなど行なわせ、大奥の紊乱に乗じて、江戸の風を尾張に向けようとしている。

尾張の棘に比べて紀伊の藩風は、これをそのまま江戸に吹かせることができれば素晴らしいと、影は考えた。

だが、肝心の吉宗が尾張からの刺客によって失われれば、元の木阿弥《もくあみ》になってしまう。

英次郎には、影の心が読めた。

気になる文書

七代幼君家継が見事に成長して名将軍になれば問題はないが、六歳将軍の将来はあまりにも遠い。

しかも、幼君を取り巻く大奥は、江島生島の事件が腐敗の見本のように、腐りきっている。

元影将軍の重ねての密命は、吉宗の護衛である。同時に、以前から申し付けられている、七代幼君の身辺警護と尾張からの派遣刺客の撃滅である。

英次郎から元影将軍の心の内を伝えられた道之介が、

「幼君が立派な将軍に成長すれば、吉宗様は無用となるな」

と、言った。

「たぶん、無用にはなるまいとおもう」

「なぜわかる」

「先が長すぎる。大奥の腐敗がこのまま治癒《ちゆ》することなく、表まで蚕食《さんしょく》しないとは限らない。江島の一件はかたづいたが、大奥では天英院と月光院との反目がいよいよ大きくなっているらしい。月光院と親しい間部詮房への反感もある。そうした政局のごたごたに巻き込まれている病弱な幼将軍の成長は、不安だらけだ。左様なときのために、元影将軍の祖父御所様は吉宗様に注目しておられる」

「吉宗様が、江戸の宗家の言う通りになるかな」

「ならなければならぬ。そのために吉宗様を護り通さなければならぬ。吉宗様は今、江戸におられる。我々が影護《かげも》りしなければ護る者はいない」

道之介は、ようやく英次郎の肚《はら》の内がわかったような顔をした。

六代将軍家宣の死と時期を同じくして、江戸の空気が一変した。幕府の財政がきわめて逼迫《ひっぱく》した状態に陥《おちい》ったからである。

元禄から宝永にかけて、勘定奉行の荻原重秀《おぎわらしげひで》が財政危機を突破するために貨幣改鋳《かいちゅう》を実行した。その結果、それが限界に来て、凄《すさ》まじいインフレとなり、江戸の民は萎《い》縮《しゅく》して、町は火が消えたように寂《さび》れたのである。

辻斬りは完全に消えた。夜間外出する町人の懐にも金がないことがわかったからである。それとともに〝辻斬〟斬りも市中から消えた。

江島生島の事件で山村座が廃業させられたこともあり、芝居町では閑古鳥《かんこどり》が鳴いた。

そこに幕府財政悪化の影響が出て、倹約しかないという気運が市中に広がった。

江戸の情緒は、元禄時代、華やかで溌剌《はつらつ》としていた。それが影を潜めた。四季折々の催しすら行なわれなくなった。

江戸は四季の町である。四季の催しがなくなれば、江戸ではない。

もともと江戸っ子は賑《にぎ》やかなことが好きである。江戸と倹約は馴染《なじ》まない。

「お主《ぬし》も、そろそろ身を固めてはどうだ」

と、道之介が口を挟んだ。

「そんな閑《ひま》はない」

「閑がないのは、おそでさんも同じだ。彼女は依然として、お主を慕《した》っている。いいかげんに、夫婦《めおと》となったらどうだ。俺が仲人《なこうど》をしてやってもよいぞ。お主らが所帯を持ったからといって、お互いに時間がなくなるわけではあるまい」

と、道之介は嘴《くちばし》を容《い》れた。

道之介にしてみれば余計なお世話ではなく、けなげなおそでが、英次郎を慕いつづけて、独り身を守っていることを心配してのことであった。

「病める者を見てこれを救おうとおもうことが、医術の本源である」

また、

「他人のために尽くし、己のためにしないことが、医業の使命である」

と、父から教え込まれた医業の理念を、おそでは堅く信じているが、英次郎の存在を忘れているわけではない。英次郎を尊敬し、嫁ぐ男は英次郎一人のみと決めている。それだけに、おそでの生き方は美しくもあり、可哀想でもあった。

――他人のために尽くし、己のためにしない――

これぞ「医業の使命」として、人の命を救うことを我が天命と信じているおそでであるが、英次郎との結婚は、「他人のため」に尽くすことでもなければ、「己のため」に尽くすことでもない。

英次郎と自分が結ばれることは運命であると、信じているのである。

しかし、事件が絶えることはなかった。

この時期、道之介が膨大な書類の山の中から、気になる文書を発見した。

紀州田辺《たなべ》に近い平沢《ひらさわ》村に、およしという娘がいて、和歌山《わかやま》城に奉公に出て、吉宗の目に留まった。

吉宗は、およしが気に入り、城下に小さな家を与え、間もなく男子が生まれた。およしはその子を半之助《はんのすけ》と名づけた。半之助が四歳のとき、参勤で江戸にいる吉宗を追い、江戸に出て来て、浅草橋場町《はしばちょう》の総泉寺《そうせんじ》の末寺の住職を務める叔父の徳隠《とくいん》の許《もと》に身を寄せた。

その後、およしは徳隠の紹介により、浅草蔵前《くらまえ》の商人半兵衛《はんべえ》の妻となり、半之助も半兵衛に引き取られた、とある。

このことが道之介は気になった。

「この文書が事実であれば、半之助は吉宗様の御落胤《ごらくいん》ということになる。もし尾張からの派遣刺客がこの事実を知れば、黙ってはおるまい。半之助を人質にして、吉宗様の素行、将軍として芳《かんば》しからず、と世間にばらまくであろう。その前に、半之助の身柄を確保し、紀伊の名君、吉宗様とは無関係、ということにしておきたい」

「文書は、それ一枚だけか」

英次郎は問うた。

「一枚だけである。名君吉宗様の徳を維持するため、証拠を隠滅した気配も残っている」

「ともあれ、およしと半之助の身柄を確保する必要があるな」

英次郎と道之介は目を合わせて、うなずき合った。

この文書に述べられている内容は、まだ影の耳には入っていないようである。影の耳に入る前に、半之助とおよしを確保しなければならない。

二人は直ちに行動を起こした。

だが、およしはすでに半兵衛の許で病死していた。

また、半之助は家出して、今日どこにいるのか不明である。

徳隠はすでに亡くなっていて、半兵衛も、半之助の所在については、知らない。

半兵衛が知っていることは、およしが病死する直前、枕許に半之助を呼び寄せ、

「お前の父親は、紀州のさる由緒ある侍であります」

と、言い聞かせた言葉だけだった。

速やかに半之助の行方を探ると、半之助は家出した後、深川常尊寺《ふかがわじようそんじ》の修験者堯仙院《しゆげんじやぎようせんいん》の弟子になった、とわかった。

だが、堯仙院もしばらく前に常尊寺を出て、行方《ゆくえ》知れずとなっていた。

半之助が、どんな人間かは不明であるが、もし吉宗の御落胤として野心があれば、天下の一大事である。野心がなければ、それほど恐れることはない。

だが、英次郎も道之介も、不吉な予感をおぼえた。

「半之助が行方をくらましているということは、野心があることを意味しているのではないのか」

「ありうるな。痩《や》せても枯れても吉宗様の落《お》とし胤《だね》であるなら、かなりのものを要求できるはずだ」

「そのためには、御落胤の証拠を持たねばなるまい」

「だから、持っておろう。吉宗様の所有物である何かを、証拠として、大切に所持しているにちがいない。半兵衛の許に左様なものは、なに一つ残されていない。本人が大切に持ち歩いているにちがいない」

「母親が臨終の枕許で半之助に『お前の父親は、紀州のさる由緒ある侍であります』と言い聞かせたのだ。その証拠を半之助に渡した可能性が大きい」

「どうする。このことを祖父御所様に伝えるか」

道之介が問うた。

「いや、今は早すぎる。祖父御所様のことだ、半之助の行方など、気にもすまい。証拠の品といっても、吉宗様ご本人が認めぬ限り、なんの意味もない。祖父御所様に余計な負担はかけぬほうがよかろう」

しかし、もし吉宗が後日の証拠のために、なにか確たるものを渡していれば、名君吉宗の素行にかかわることになる。尾張藩の知るところともなれば、たちまち将軍後継諍《あらそ》いに影響が出る。

そのときはそのときのこととして、当面、この一件は、二人だけの秘密にすることにした。

英次郎の意識に、ふと掠《かす》めたものがあった。

およしが縁付いた浅草蔵前の商人半兵衛は、江島生島事件の際、江島のかねてお気に入りの浅草諏訪町《すわちよう》の商人栂屋《つがや》善六《ぜんろく》、及び出羽屋《でわや》源七《げんしち》の二人と親しかったという事実である。

二人は御用達になりたくて、奥医師奥山交竹院《おくやまこうちくいん》と親しい浅草蔵前の半兵衛に働きかけていたことを、おもい出したのである。

いずれにしても半之助の消息はわからず、その関係者も没したり、消息不明になったりしている。

江戸の華《はな》と称《よ》ばれる火事も最小限にとどまった冬が終わり、江戸が最も溌剌とする春が巡ってきた。

江戸の春がゆっくり回転していく間に、深川常尊寺の修験者堯仙院の弟子で改行《かいぎよう》と名乗っていた男が、半之助の年齢と一致するという情報が、堯仙院の弟子だったという一人から伝えられた。

同じ年齢の者はいくらでもいるが、改行は「自分の父は紀州の由緒ある侍である」と、口癖のように言い張っては威張っていたという。

ある時から堯仙院の口添えで、南品川伝馬宿《てんましゆく》の山伏常楽院《やまぶしじようらくいん》に預けられているということである。同時に堯仙院の所在も判明した。修行の旅に出ていて、ようやく江戸に戻ったということだった。

(ほぼ、間違いなし)

英次郎は自分の推測に自信を持った。

(改行は半之助にちがいない)

そうは言っても、今の段階では証拠不十分である。吉宗を後継者と心の内で決定している影に報《しら》せるのはまだ早かった。

だが、英次郎の考えを超えて、事は急転した。

五歳で七代将軍に就任した幼将軍家継は、ほとんど表に出ず、母の月光院とともに大奥で一日の大半を過ごしていた。

将軍が幼君であるため、生母月光院や幼君の教育を請け負った間部詮房の勢力が強くなった。

江島生島事件は大奥を揺るがしたが、七代将軍家継を〝所有〟している月光院の勢力には変わりなかった。

月光院やその補佐役、新井白石、間部詮房らが最も不安におもっていたのは、家継の健康であった。

父親家宣の蒲柳《ほりゆう》の質を引き継いで、家継も健康ではなかった。

月光院以下側近の者たちの不安を裏書きするように、病弱であった家継はついに病を発した。

おそで以下奥医師が全力で治療にあたったが、家継の病状は悪化する一方で、ついに危篤《きとく》に陥った。その間、吉宗が将軍後見の任に就き、ここに、次代後継の方位は紀州に定まった。

当然のことながら尾張、次いで水戸の抵抗も考えられたが、人物、知名度、人気、健康、頭脳明晰《めいせき》、機動力、おもいやり等、彼に比肩する者はいない。対抗馬とされていた尾州の吉通は、正徳三年に二十五歳の若さで、すでに急死していた。宗家の将軍候補者として、競争者の追随を許さぬ後継者とされたのである。強い運命の所有者とも言えた。

正徳六年（一七一六）四月三十日、七代将軍家継は八歳で没し、五月一日、吉宗が宗家を継いだ。

その矢先に、半之助の存在が浮上したのである。

膨大な文書の海から、道之介が発見した半之助に関する秘密文書のことを、英次郎と道之介は一時、影に上申することを控えたが、ここに至っては秘匿しているわけにはいかず、極秘中の極秘とし、影に上申した。

沈着で、広大《マクロ》な視野を持ち、決断の早い、元影将軍も、さすがに英次郎の上申に、愕然としたらしい。

後継者確定後に発生した大事である。

束《つか》の間《ま》、返す言葉を失った影であったが、一拍置いて、躊躇《ためら》わずに、驚くべき密命を下した。

「吉宗の隠し子と言える半之助とやら、その所在を探り出し、暗殺せよ」

まさに即断であった。この秘密は、どんな小さな穴からでも漏らしてはならないとの決意を感じさせた。

「半之助なる者、生かしておけば、必ずや宗家歴代の汚点になるであろう。紀州吉宗をおいて後継はいない。その矢先に隠し子が現われれば、将軍宣下を前に、またぞろ、尾張が騒ぎ出さないとも限らぬ。尾張には今や、宗家後継の器《うつわ》はないにもかかわらずだ。急げ。半之助の存在は、神君が定めたもうた幕府を脅《おびや》かすものである。手段は問わぬ。早ければ早いほどよい。よいな」

苛酷な密命であったが、確かに、影の言う通りであった。

――早ければ早いほどよい――

その一言が徳川宗家の命運を示していた。

英次郎は一統を招集して半之助の一件を伝えると同時に、信頼している祖式弦一郎に協力を求めた。

奉行所は、わずかな流言蜚語《りゅうげんひご》であってすら、その発生源を突き止める、驚くべき捜索力を持っている。

加うるに、弦一郎は口がきわめて固い。

それにしても半之助をこの世から抹殺しようとする影の覚悟は、半端《はんぱ》ではない。影から密命を伝えられたとき英次郎は、半之助が簡単に捕まる相手ではないような気がした。

半之助は単独ではなく、彼の素性を承知している悪《ワル》たちが側近として取り巻いている可能性もある。そうなると、一筋縄ではいかないかもしれない。

弦一郎は、英次郎からの助力要請に直《ただ》ちに対応した。亡くなった大叔父の徳隠が住職だった浅草橋場町総泉寺の末寺、蔵前の商人半兵衛、深川常尊寺の修験者堯仙院、さらに南品川伝馬宿の山伏常楽院など、その周辺を探索して情報を収集した。

その結果、改行がおよしの子である半之助と確認された。

このような情報集めは、奉行所の得意技、お手の物である。

反応は意外に早かった。

堯仙院の紹介によって、南品川伝馬宿の山伏常楽院が、赤川大膳《あかがわだいぜん》と名乗って、弦一郎と対面することになった。

赤川大膳が本名か、仮名か、不明である。目付きが鋭く、えらが張り、細身ではあるが、凶器のような鋭角的な体格をした人物が、浪人本多源左衛門《ほんだげんざえもん》、南部権太夫《なんぶごんだゆう》、矢島主計《やじまかずえ》を用人として従え、弦一郎の前に現われた。

いずれも一癖《ひとくせ》ありそうな人間たちであり、尾羽《おは》打ち枯らした浪人とはいえない、びしっと仕立ての良い着物で身を固めていた。

江戸の風の行方《ゆくえ》

　弦一郎が、修験者堯仙院の弟子改行に面会したいと申し出ると、待ちかねていたと言わんばかりに、赤川大膳は、

「町奉行筋が、なにゆえ改行殿に面会したいと申されるのか、まずは用件を伺いたい」

　傲然と言葉を返してきた。

「改行殿は幼年、半之助と申したとか。その者、日頃『自分の父は紀州の由緒ある侍である』と言い張っておると聞き及ぶ。いかなることゆえか、その事由をお聞かせ願いたい」

「いかにも。改行殿の御幼名は半之助殿と承ってござるが、幼き頃、半之助殿は母君のおよし殿とともに江戸に出られた。浅草橋場町の総泉寺の末寺に身を寄せ、その後、ご住職徳隠殿の紹介で母君が浅草蔵前の商人半兵衛殿に嫁がれ、半之助殿もとも

に引き取られ申した。されど母君は病に伏し、亡くなられる直前に半之助殿に、『お前の父親は、紀州のさる由緒ある侍であります』と告げられ、その証拠の短刀一振りを預け申した。その後、その由緒ある侍の口利きにより一万俵の合力米《ごうりきまい》を賜り、ゆくゆくは御三家同様に御取立くださるとのお言葉も賜ってござる。我らも、改行殿の用人として、御取立に与《あずか》ることになってござる。証拠の品に偽りはなく、御三家同様の御取立は、近日実現するものと、待機しているところでござる」

赤川大膳は歯切れのよい言葉で応答した。

「御三家同様の御取立とは拙者も初めて承ってござる。改行殿にご面会仕《つかまつ》りたい」

「御奉行筋との面会は、我らの裁量で応じられることではござらぬ。御三家同様の御取立なれば、面会は御老中なりの御身分が然《しか》るべきと存ずる。この儀、よろしく速やかにお取り計らい願いたい」

本多源左衛門ら三名の用人も胸を張って、

「町奉行筋の不浄役人が、身分高き由緒ある侍の御落胤に会わせろとは、おもい上がりも甚《はなは》だしい」

高所から見下すように言った。

「されば、御老中に上申いたそう。御老中との面会とあれば、ただ言葉だけでは叶《かな》わぬ。証拠の短刀を見せていただきたい」

「証拠の品をそなたに見せて済むなら、御老中との御面会も端《はな》から無用にござる。改行殿の御尊父と直接親子の対面をいたしたい。証拠の短刀の一振りを下された御尊父は必ずおぼえておられるであろう。されば、速やかに親子の御対面を取り仕切っていただきたい」

「承知仕った。ただし、面会そのものは可能であっても、短刀一振りを、由緒ある侍が証拠として認めぬ場合は、いかがなさるか」

問われて、束の間、赤川以下四名の返す言葉が滞《とどこお》った。

「心配ご無用。証拠の短刀一振りにはその柄に家紋もござる。ご懸念には及ばぬ」

赤川は答えた。

弦一郎から、赤川以下四名と面会したその首尾を聞いた英次郎は、半之助こと改行は赤川以下の用人たちに担ぎ上げられた欺瞞者《まやかしもの》にちがいないと感じた。

いずれにせよ、老中とも、吉宗とも対面はさせられない。それをすれば、一味は改行を吉宗の御落胤として、江戸のみならず全国津々浦々《つつうらうら》に伝えまくる。

なんとしても、改行以下一味を一人残さず呼び出し、口を封じなければならない。

だが、改行の周囲は、一方《ひとかた》ならぬ悪《ワル》の擦《す》れっ枯《か》らしが取り巻いている。影から密命が下っていても、改行以下一味を一つの網の中に誘い込まない限り、彼らをまとめて消し去ることはできない。

行き詰まった英次郎は、大胆不敵な一策をおもいついた。果たして協力が得られるかどうか不明である。

だが、これ以外に方策はない。

英次郎は、おもいきって影に面会を求めた。

影からの召しはあっても、老中でも正規の旗本でもない英次郎が面会を求めることは、本来許されない。

だが、それ以外に方法はない。また、ある意味では、英次郎の特権とも言える。影は必ず会ってくれる。自信があった。

影と英次郎との間にはいくつもの関門があるが、関門は乗り越えられる。

予想した通り、影から対面の許しが下りた。

(さすがは……)

英次郎は感嘆した。

影が望まれても会うべきではない身分の人間に会おうと答えたのは、英次郎の胸に秘めた作戦を読み取ったからであろう。

恐ろしいほどに鋭い洞察力であった。

影から作戦を認められた英次郎は早速、弦一郎を通して赤川大膳に、

「幕府の重鎮たる大御所様が改行及びその用人たちと対面する」

と、伝えた。

そう伝えられた赤川は、

(為《し》て遣《や》ったり)

という表情をした。

謁見《えっけん》の場所は品川宿第一等の料亭「東海亭《とうかいてい》」を指定したが、もちろん大御所が本当に現われることはない。嘘でも、本人である影の了承なくしては、口にできない作戦である。

「東海亭」は、品川宿(南品川宿・北品川宿)のうち最高とされる料亭である。

東海道を参勤交代する大名百四十六家のうち、百十二家は「東海亭」を利用していた。特に、紀州藩は「東海亭」の最大得意である。

さらには、尾張家中の一部が紀州藩の仕業《しわざ》と見せて家宣暗殺を企てた際、尾張家筆頭家老の大久保《おおくぼ》義昌《よしまさ》以下十八名が、追捕《ついぶ》を命じられて向かった先で逆に飼い犬だった

洋剣士たちに殺害された事件の後、その下手人たちが品川で御用船を奪い海外逃亡を図るとにらんで、かさねに跨《また》がり乗りつけた英次郎を紀伊国屋文左衛門が待ち受け、借り切っていたのが、この「東海亭」であった。

当時の紀州家は危険な存在であったが、今やその紀州家から将軍を迎えたところである。

まことに因果な変転であった。

「東海亭」では、赤川大膳以下四名の幹部用人が、葵《あおい》の紋《もん》を打った衣服をまとい、ほの薫《かお》る青畳（藺草《いぐさ》）の二重畳（二畳台）の上に坐っている若い男を取り囲んでいた。その手前を数人の浪人が固めている。

英次郎は一見して、その若者が改行であると察知した。

それにしても、その若者が葵の紋を打った衣服を悠然とまとっていることに驚いた。

「天一坊《てんいちぼう》様におわします。大御所様をお待ち申し上げておりました」

赤川大膳が、芝居の科白《せりふ》のように朗々《ろうろう》と言った。

「天一坊」と名を改めたらしい改行は、二重畳の上に傲然と坐り、英次郎を見下すように上半身を反り返している。

光っている。眉《まゆ》と眼が近接しており、眼光は冷たく光っているが、顔貌《がんぼう》は逆三角形であり、額《ひたい》が広く顎《あご》は細い。眉と眼が近接しており、眼光は冷たく

「天一坊」とは、ご大層な名前だが、由緒ある父親の第一の息子であることを暗示したのだろう。「紀州のさる由緒ある侍」の第一子と言えば、吉宗の長子を意味する。つまり、吉宗の第一男子であるから、相応の待遇をすべきと要請しているのである。吉宗が第八代将軍であれば、天一坊は自分には第九代将軍の資格があると主張しているのだ。

「大御所様には天一坊様の御父君との御対面をお取り計らい願いたく、お待ち申し上げております」

赤川の言葉に、天一坊なる改行は顎を撫《な》で、他の三人の用人は深くうなずいた。

その瞬間、英次郎の意識に閃光《ひらめき》が走った。

天一坊が御落胤であろうとなかろうと、表沙汰にはできない。まして、彼を囲む赤川大膳以下の用人たちを放ってはおけない。

閃光は、その奥にあった。

彼らがどこで改行改め天一坊を見つけたのかは不明であるが、わずかに尾張の訛《なま》りを捉えたのだ。

英次郎は、同行してきた主膳、村雨、貴和、道之介らに目配せした。

(彼らは、尾張から派遣された刺客であり、〝辻斬〟斬りにちがいない。天一坊は由緒ある侍の御落胤ではなく、尾張に踊らされた傀儡《かいらい》にすぎない)

英次郎の目配せを受けた一統は、躊躇うことなく抜刀した。

さすが一瞬に察知した赤川大膳以下浪人たちは、天一坊を囲んで応戦しようとしたが、すでに血飛沫《ちしぶき》が天井にまで撥ね上がり、二重畳が赤く染まった。

英次郎は目の前の赤川大膳に、気合いもかけず打ち下ろした。

抜き合わせた赤川は一拍遅く、利き腕の肘上《ひじうえ》を断たれた。斬り離されかけた右腕がぶら下がったまま、その場に蹲《うずくま》った。

他の三名の用人は、貴和の糸刃に手足を斬られて、床に崩れた。

主膳、村雨、道之介の三名は連係して、他の浪人たちを斬りまくった。

「東海亭」の外側は、祖式弦一郎率いる奉行所の手の者が二重三重に囲んでいる。

天一坊は二重畳の上に悲鳴を上げて縮こまった。

天一坊を囲んでいた浪人たちのほとんどは血の海に沈み、赤川ら用人四名は深い傷を負って捕縛され、天一坊とともに弦一郎の手に引き渡された。天一坊に対する影の命は「暗殺せよ」であったが、捕縛後に死罪は免れないので、末路は同じである。

英次郎は引き立てられる天一坊の後ろ姿を、ただ黙って見送った。

この天一坊事件は、尾張から派遣された疑いの濃厚な〝辻斬〟斬り事件との関連も含めて、闇から闇に葬られた。

ただ一通、

――異名天一坊こと無宿改行此者《このもの》公儀を偽り、多くの金銭を詐取候事重々不行届至極に付町中引廻《ひきまわし》の上於品川獄門候者也――

という一文が文書に残されたのみである。御落胤という言葉はどこにもない。

ましてや、元影将軍の大御所が当日、品川に御成りになったという記述もない。

七代家継の跡を継いで、宗家の養子に入った吉宗が将軍宣下を受け、正式に八代将軍に就任した。

宗家の血筋は絶えたものの、元影将軍の舵取りにより、五代綱吉の人命を軽んじる治世を改めていった六代家宣、七代家継の代の功績は大きかった。

吉宗の名声は江戸にも聞こえていたが、善くも悪くも、本人に接していない江戸の市民には、どのような時代の幕が開くかわからない。

吉宗がどんな風を江戸にもたらすのか、誰もが不安と期待の入り混じった気持ちをもった。

そのような時期、意外な再会があった。

天一坊事件の舞台となった「東海亭」には幕府から、血で汚された畳などの修理費が下賜《かし》された。

だが、「東海亭」は、これをきっかけに閉店することになった。

歴史があり、多数の贔屓客を持っている「東海亭」も、お上から許されたとはいえ、隠し売女《ばいじょ》を抱えていることに良心の呵責《かしやく》を覚えて閉店を決めたという。

英次郎は偶然出会った料亭の隠居に、薄い記憶があった。

「お武家さま、あの節、命を救っていただいた者にございます」

その言葉を聞いて、隠居が江戸の夜の町を似非《え》菰被《せこもかぶり》として歩いていたことをおもい出した。

彼はその後、亭主である息子の商売を助けて、天一坊事件に巻き込まれ、息子の要望もあり、料亭を手当て所に変えることにしたという。

奥医師のおそでは、〝辻斬〟斬り事件を含めた一連の事件によって負傷した人びとを、手当て所の設備が不十分で、救かる者も救けられなかったと歎《なげ》いていた。東海道を利用して参勤交代する大名だけでも百四十六家、それに加えて毎日出立《しゅったつ》、帰着する旅人は他の三宿（千住、板橋、内藤新宿）よりも多い品川宿に、おそでが願っていた設備の行き届いた手当て所が開所したのである。

「あの夜」のリッチな似非孤被が、おそでの宿願を叶えたと知って、英次郎は人生の出会いを改めて考えた。

江戸四宿中の品川宿に、新手当て所が開かれれば、江戸の風は確かに変わる。

変わった風を尊重しなければならないと、英次郎は自戒した。

京と江戸は対照的である。京は千年を超える歴史を持つが、江戸は京の文化を吸収しながら、二百六十余年に及ぶ閉鎖的な文化を育《はぐく》むことになる。

京から下る文化は一級品であるが、その京の文化も江戸の情緒にはかなわない。

江戸の閉鎖的な文化の中には〝粋〟が凝縮されているからだ。

江戸の後身・東京は、江戸の粋の名残が濃い。

東京には、江戸の神秘性が生き残っている。

——火事と喧嘩は江戸の華——

江戸では、三年に一度は町を舐《な》め尽《つ》くす大火が発生する。

江戸市民にとって火事は、見料いらずの結構な見せ物になる。

度重なる江戸の大火のうちで最も大規模な火災は、明暦《めいれき》三年（一六五七）の大火である。十万人超が焼死したと言われるが、江戸の大半を焼き払ったこの大火をきっかけに、以後の大火の都度、都市計画が行政の主題となった。

江戸っ子は、なによりも祭りが好きである。

神輿《みこし》を担いでいる間に熱が上がる。熱っぽさが病のように高じて、我を忘れる。

神輿をともに担いでいる相手を、互いに知らない。祭りの間の縁にすぎなくとも、十年来の知己のように、ワッショ、ワッショがショッワ、ショッワと聞こえる掛け声とともに揉み合い、練り歩く。

そんな江戸に、紀州藩主吉宗が八代将軍として乗り込んで来て、幕府の財政難を解決するために、「享保《きょうほう》の改革」の実施を掲げた。

江戸市民にとって、節倹（節約・倹約）第一主義は、最も嫌う政策である。

端《はな》から合い性が悪い。

尾張も黙っていられない。だが、天一坊および用人たちが処断された直後だけに、吉宗の将軍就任への不満は胸の奥に呑み込まざるをえなかった。

吉宗の素行よりも、天一坊の取り巻きが尾張の関係者だったことが弱味となったのである。

七代幼将軍家継の治世は短かった。間部詮房と新井白石の補佐によって失政はなかったが、詮房は月光院との関係を疑われ、悪評を払拭《ふっしょく》できなかった。

だが、白石が将軍家宣の甲府綱豊時代から家継の代を通して完成させた『藩翰譜《はんかんぷ》』『采覧異言《さいらんいげん》』といった著作は不朽である。

将軍交代と同時に、白石と詮房の失脚は免《まぬが》れなかった。

吉宗は、まず大奥から新政に手を染めた。

吉宗は、大奥の女中、上﨟御年寄から御末までを集めて、美形の者はすべて実家に帰し、醜女《しこめ》のみを大奥に留めた。その理由を、

「器量のよい者は、大奥から巷《ちまた》へ出ても袖《そで》を引かれるが、醜《みにく》い女中どもは大奥から放逐《ほうちく》されれば、拾われないであろう。故《ゆえ》に、醜女のみ大奥に留めたのである」

として、言い渡した。吉宗の言葉に反駁《はんばく》する者はいなかった。

吉宗の大奥改革は、宗家の中にどんな新風を吹き込むか、少なからぬ期待がもたれた。

六代、七代の短命政権に代わった吉宗の軒昂《けんこう》たる意気は力強く感じられた。

この間、幕府の財政は厳しさがつづいていた。幕府の収入としては天領からの年貢、貿易、鉱山収入と豊かであったが、寛永《かんえい》末年（一六四四）頃から鉱山収入がなく

なり、「明暦の大火」（一五六七）では復興事業に莫大《ばくだい》な費用が投じられて、財政は五代綱吉の治世前半（元禄）には、悪化の一途をたどっていた。

特に、綱吉の家臣訪問に、幕府・家臣ともに莫大な費用を要した。

影将軍によって多少盛り返したものの、勘定《かんじょう》奉行荻原重秀が元禄から六代家宣の時代まで実施した貨幣改鋳《かいちゅう》が、凄《すさ》まじいインフレを招いていた。

荻原は罷免《ひめん》され、新井白石が対策を講じたが、七代幼将軍が没するまでは、ほとんど改善が見られず、むしろ悪化が進む中で吉宗が引き継いだのである。

元影将軍の大御所にとって、吉宗という人間はまだわからない。

だが、醜女だけを残したとするのは、誇張的な宣伝であったとしても、歴代将軍の中で大奥の改革を断行したのは、吉宗が初めてである。

天一坊事件が片づいた後に、尾張の胎動がないことは確かである。

かつて御三家第一位の尾州家と第二位の紀州家は、対抗関係を続けてきた。

同様に元影将軍は、尾張・紀州両家と対立していた。

しかし、紀州家の敵性は、吉宗の将軍後継によって消えた。

一方で、尾張の対抗意識は、吉宗の将軍就任により、対紀州から対江戸幕府に変わった。

吉宗が将軍職を継ぐと同時に、御庭番《おにわばん》が設けられた。

御庭番は将軍独自の情報収集機関であるが、英次郎一統や廃された猿蓑衆《さるみのしゅう》のような秘匿軍事力ではない。

御庭番には、将軍を護衛する軍事力そのものはない。

大御所から、英次郎一統は、

「今後は自分を護る必要あらず。八代将軍を護れ」

と、言い渡された。

自分を護る必要はないと言われても、大御所と英次郎一統との絆《きずな》は深い。大御所の命であっても、素直に聞くわけにはいかない。

吉宗が後継したからといって、大御所に危険がないとは言い切れない。大御所の権威は強い。就任ほやほやの八代将軍よりも大御所を信用している諸大名は多いが、将軍就任と同時に厳しい財政施策を打ち出した吉宗に、好感を持っていない大名も多い。大御所がその吉宗を強く支持していることを、知る者は知っているのだ。

吉宗が将軍を後継してから、江戸は火が消えたようになった。

江戸の粋と江戸っ子の威勢が消えてしまった。

神輿を担いで盛り上がる熱っぽさが、失われてしまったのである。

吉宗が八代将軍の座に就いて間もなく、驚くべき事態が発生した。

橘町《たちばなちょう》に住む浪人本多儀左衛門《ほんだぎざえもん》から関東郡代伊奈半左衛門《いなはんざえもん》に、処刑されたはずの天一坊を名乗る者がいると訴えがなされたのである。

天一坊の取り調べは、大岡越前守《おおおかえちぜんのかみ》が担当した。

――此者《このもの》公儀を偽り、多くの金銭を詐取候事重々不行届至極に付町中引廻の上於品川獄門候者也――

との一文が残されているのだから、生きていないはずである。

にもかかわらず、天一坊を名乗る者がいるとは、実際には処断されなかったということだろうか。

(天一坊が生きている)

まさか、と英次郎は首を捻《ひね》った。

天一坊の生存は、八代将軍に就いたばかりの吉宗の座を揺るがすものである。

尾張はもちろん、水戸家までが幕府宗家を揺さぶるであろう。

天一坊生存の真偽を確認し、生きているのなら再度処断しない限り、宗家の安定はない。

浪人本多儀左衛門の訴えによれば、その天一坊にも数名の取り巻きがいるということである。儀左衛門は紀州平沢村の出身で、天一坊の母およしと同年輩であった。

長屋の現人神《あらひとがみ》

元禄末期、本多儀左衛門は、およしとほぼ同時期に和歌山に出て、同じ家に奉公していた。その間、およしは、その家の主人《あるじ》の手が付いて、半之助を産んだという。

本多儀左衛門は江戸に出て後、浅草蔵前の商人半兵衛に嫁《か》していたおよしを訪ね、半之助が母の死後、家出する前の顔も知っていた。

浅草寺《せんそうじ》にお参りに行き、偶然境内で半兵衛と出会い、半之助のその後の行方《ゆくえ》を尋ねたところ、半兵衛は奉行所に呼び出され、先頃品川宿で「紀州の由緒ある侍」の御落胤と称していた天一坊という男が捕らえられたが、それが半之助だと告げられ、およしが亡くなったときに、母と子の間でどのようなやりとりがあったかを詳しく問われたということだった。

そこで、獄門に付された天一坊を見に行ってみると、その獄門首は半之助ではなかった。不思議に思ったが、今度は最近になって、何人かの取り巻きに天一坊様と呼ばれて町を歩いている半之助を見かけたというのだった。

処刑された天一坊は別人だったという証人が現われたのである。しかも本物の半之助と見られる人物が、天一坊と呼ばれて数名の取り巻きを従えていたというのである。

「天一坊生存」の情報が祖式弦一郎から伝えられるとほぼ同時に、影から御召口《おめしぐち》へ召《よ》ばれた。

内命の内容は御召口に行かずともわかっている。

案の定、

「天一坊の所在をつかみ、速やかに処分せよ」

と、密命が下った。

天一坊の所在が本多儀左衛門の訴えにもとづいて調べられたが、居所を移したらしく、その後の消息は不明である。

だが、そのうちに必ず姿を現わすにちがいない。姿を見せずに、父親とされている吉宗に対面はできない。

だが、当然であるが、吉宗が対面することはない。

対面前に英次郎一統が処分しなければならない。

この情報は厳重に箝口令《かんこうれい》が布《し》かれている。尾張、水戸の耳に入れば、始まって間もない八代将軍の治政が揺れるだけではなく、諸大名が不安定になる。

「いずれにせよ必ずや、天一坊は八代将軍に対面を申し込んでくるであろう。それをさせるわけにはいかない。天一坊は闇から闇へ葬り去らねばならない」

英次郎は早速、道之介に、改めておよしが産んだ半之助に関するすべての文書を発掘するよう命じた。海のような文書の中から特定の文書を発掘できる天才は、道之介だけである。

ところが、道之介は、英次郎から新たに頼まれる前に、求められている文書を掘り当てていた。

「天一坊に関する新たな文書によると、先の天一坊は偽者であることがわかった」

と、道之介は英次郎に報告した。

「偽者であることがどうしてわかったのだ」

英次郎の質問に対して道之介は、

「新たな文書によると、およしが半之助を産んだのは元禄十二年（一六九九）のことだ。そのときおよしは十六歳だったとわかったのだ。先の天一坊が処刑された享保元年（一七一六）は、半之助改め改行は十八歳ということになる。

ところが、取り調べの記録によると、処刑された天一坊は二十代の半ばであった。するると、もしおよしが先の天一坊を産んだとすると、およし九歳頃の子ということになる。九歳の娘が子を産むなどと、これが嘘でなくてなにか」

道之介は言った。

「だが、先の天一坊は半之助の年齢と一致するということではなかったか」

「それは堯仙院《ぎょうせんいん》の相弟子だった者の情報だが、その半之助改め改行が南品川の山伏常楽院のもとに預けられる間かそのあとに、偽者とすり替わったのだろう」

「なんのために、そんなことを」

「幕府側の出方を見るために、とりあえず本物を温存したのではないか」

背後にいるであろう尾張にとっては、偽者であれ本物であれ、吉宗との対面が実現すればよいのである。偽者で失敗したので、今度は本物を出してくるということか。

「本物であろうと偽者であろうと、将軍の御落胤と名乗る者は生かしておけない。祖式殿及び町奉行所の手の者と連携して天一坊を探し出せ。天一坊が生きている間は、幕府の安定は得られぬ」

英次郎は一統に言い渡した。

道之介が天一坊こと半之助の生年とそのときの母親の年齢にかかわる文書を発掘し

なかったならば、その実像が摑《つか》めず、蠢《うごめ》きの全貌を見極めることができないところであった。先の天一坊は偽者とわかったが、本物の天一坊を擁した一味が蠢いているかもしれない間は安心ならない。

吉宗が将軍位に就いてからも、将軍吉宗と御三家筆頭尾張藩の対立は依然としてある。

尾州家の藩政方針は、反緊縮的である。生きることは楽しむことであり、宗家の万事倹約質素を旨とする政治《まつりごと》は、一度限りの人生を無駄にしてしまうというのが言い分である。

楽しみながら生きることは、人間だけの特権である。動物、植物、他のあらゆる生物にない放縦・華麗な生き方は、人間であればこそ許されるものであるとして、将軍吉宗の政治とは相反する立場であった。

確かに、尾張の政策のほうは庶民に喜ばれるが、そのための莫大《ばくだい》な経費《コスト》が、堤防が決壊したように流出してゆく。

同様の経費がかさむ政策は、宗家の犬将軍綱吉時代にも濃厚であった。「生類憐みの令」という世界でも類を見ない悪法が、犬などへの膨大な支出に結びついて、財政悪化の途《みち》を招いたのである。

公儀の倹約令に真っ向から反対する尾張藩の豪放華麗な風が、吉宗の政治を妨害している。

幕府存続のためには、尾張藩の政治を改めさせなければならない。

そのためにも尾張に利用される可能性のある天一坊を葬らなければならない。いま英次郎一統や町奉行所が追跡しているのは、二重の意味で将軍吉宗の改革を危うくしかねない天一坊である。

幕府存続のためには、それが正義であるかどうかは問題ではなく、天一坊をこの世から消さなければならない。

そもそも忍者に正義は必要ない。依頼主の言う通りに動き、結果を出せばよいのである。

とはいえ、元影将軍の内命・密命を果たす時は正義を感じた。

正義とは、大多数の人間が命や財産や人生そのものを奪われるのを、きわめて強い意志によって、防ぐことである。

だが、今回の内命は、二つの異なる政治方針の戦いの一方に属して、他方を攻撃することであるから、完全な正義は見いだせない。

それでも、依頼主の命に従い、果たすことが忍者の使命である。つらく難しい使命であるが、そのためにこそ英次郎は生きている。いや、生かされている。そして、おそでを歎かせる人間の殺傷を重ねなければならない。忍者の宿命である。その宿命を嫌ってはいない。もし嫌っていれば、一日たりとも生きてはいられない。

天一坊には、なんの怨みもないが、生かしておけば、歴代将軍の積み重ねを無にしかねない。

自分はこれまで生きてきて、どれほどの人間を殺傷したか数えていない。数えたくもない。数えれば、自分が厭になる。厭にならなくても、自分の生き方を嫌悪するであろう。

「お主《ぬし》、浮かぬ顔をして、なにを考えておるのだ」

道之介が英次郎の顔を覗き込んだ。

英次郎がいつもとちがう面相《マスク》をしているように感じたのであろう。忍者としては見せてはならないマスクである。

「いや。なんでもない」

「ほう、そのなんでもないのが、おかしいぞ」

「そういうお主も、なんでもない顔ではないか。拙者はいつもの顔である」

道之介は苦笑して横を向いた。

英次郎がなにか思案しているときは、こんな顔をする。

祖式弦一郎の手の者による探索は、江戸市中全域にまで伸びた。

奉行所の探索の成果が上がってきた。

芝神明門前横丁《しばしんめいもんぜんよこちょう》の長屋に一人の若者と十数人の取り巻きが入居しているという情報が入った。

若者に傅《かしず》くように長屋に住んでいる浪人たちは、いずれも一癖も二癖もありそうな面構《つらがま》えをしている。ご近所衆には、

「故《ゆえ》あって身許《みもと》は隠しているが、尊《たっと》き御方の血を引く、やんごとなき御方である。本来ならば、お主ら、足下にも近づけぬ高貴な御方である。失礼なきよう、お世話仕《つかまつ》れ」

と、言い渡した。

長屋の住人たちは、その言葉を真に受けて、召使のごとく顎で使われている。

「いずれ世間に出れば、お前らも、尊き御方の家臣として敬われるであろう。収入《みいり》はすべて我らに預けよ。今に十倍、いや、五十倍、百倍になって返ってくるであろう」

と高飛車《たかびしゃ》に出て、長屋の者たちは彼らの言葉を信じて、雑巾《ぞうきん》のように金を搾《しぼ》り取ら

れた。

長屋の住人たちは、十数人の取り巻きに傅かれている若者を、神のように尊崇している。

また、若者も自らを現人神《あらひとがみ》として偉そうにしている。

長屋では最も広い大家が住んでいた二階建ての母屋《おもや》を乗っ取り、一階を現人神の居室として、二階を〝奥〟と称び、近辺の若い女性《にょしょう》を〝奥〟に連れ込んでいる。

まだ妊娠した女性のいる気配はないが、取り巻きどもは、

「若様に仕え、御子がお生まれになれば、将来、大名となるは必定《ひつじょう》。心して仕えよ」

などと言い、取り巻きの中でも大倉兵部少輔《おおくらひょうぶしょうゆう》という、いかにも偉そうな名前を持った男が万事差配を務めている。主導者格の重々しい言葉遣いのためもあり、他の取り巻きたちも一目置いている。

現人神も大倉の掌《てのひら》の上で転がされているような感じである。口先だけではなく、筋骨逞《たくま》しく、剣を握らせれば一流の遣い手らしい。

若者が天一坊と名乗っているかどうかは、まだわからない。しかし若者の年齢、取り巻きおよびその人数、態度等から、弦一郎は、天一坊一行にちがいないと見当を付けた。

英次郎は、弦一郎から伝えられた情報に基づき、芝神明門前横丁の長屋に住み込んでいる若者を中心とする十数名の集団を内偵した。そして本物の天一坊とその取り巻きに間違いないと判断した。

その取り巻きも、第一次天一坊の取り巻きの後継者にちがいない。

天一坊を現人神として市民を欺《あざむ》き、当てもない将来の出世を押し売りしながら、八代将軍との対面を狙っているのである。

対面してしまえばこちらのものという意識が、はっきりと伝わってくる。

一度処刑された天一坊は、現人神に昇格して甦っている。

だが、第二次天一坊が望むようにはしない。それが英次郎一統の使命であった。

「現人神と称する若者が天一坊であると確認されたときは、容赦なく殺す。天一坊を生かしておけば、多年の天下泰平が崩れ落ちる。天一坊以下取り巻きは問答無用で一人残らず討つ。此度《こたび》の密命は、一人も逃がさず、生きて帰すなである。幕府のためでもなければ、紀州・尾張の長年の争いを鎮《しず》めるためでもない。天下泰平のためである。決行は若者を天一坊と確認次第。皆の衆、よいな」

英次郎は一統を集めて宣言した。

「我らが結束、改めておっしゃるには及びません」

「ひひひん、ひん」

わかったとばかり、かさねまでが嘶《いなな》いた。

英次郎の宣言に、ただ一人だけ異議を唱えた者がいる。おそで、である。

「医術は、他人の命を救い、健康を保つため以外のものではありません。医術は純粋な正義と貴い精神をもってなされ、これによって医師も患者も真《まこと》の幸福を得ることを願うものなのです。

他人のために尽くし、己のためにしないことが医業の使命である以上、たとえ天下泰平のためであっても、一人たりと命を奪うことは医師として認められることではございませぬ」

おそでが命を守ると言い出せば、百万の敵と雖《いえど》も、引き下がることはない。

「おそでさんの言う通り、真の幸福をきわめるために、許せるものは許せ。許せぬものは、まず拙者に任せよ」

英次郎は、とりあえず苦しい命令を出した。

おそでの主張する〝純粋な正義〟はロマンティシズムである。

おそでにとっては、大の虫も小の虫もない。生きているものはみな同等である。

だが、天一坊には、大の虫を生かすために小の虫になってもらわなければならない。

かさねがしきりに断いた。かさねは、おそで派である。

おそでが帰った後、奉行所の手の者の協力によって、芝神明門前横丁の長屋の二階に隠れている若者が天一坊と名乗っていることが確認された。

大倉兵部少輔を筆頭とする取り巻きは準備万端整い、幕閣に将軍と天一坊の対面を要求するばかりになっていた。

驚いたことに、大倉兵部少輔は自分の衣服に葵の紋を付けていた。第一次のときは天一坊だけが葵の紋を打った衣服をまとっていたが、大倉のみならず、側近の者すべてが葵の紋を付けている。

たとえ天一坊が八代将軍の御落胤と主張するにしても、その者が衣服に葵の紋を付けるなど絶対に許されることではない。まして取り巻きは以《もつ》ての外《ほか》である。

影が虞《おそ》れていた事態が実現しようとしていた。

おそでの要請を思えば、天一坊を殺したくはないが、天一坊が生きている限り、吉宗は不安定である。第八代将軍として小揺《こゆ》るぎもしない将軍とならない限り、紀伊対尾張の葛藤《かっとう》は止まない。

芝神明門前横丁の長屋に対する警戒は日ごとに厳重になった。気づかれるのを虞れ、奉行所の手の者は出動していない。張り込みは英次郎一統だけに限られた。

取り巻きによる将軍と天一坊との対面要請は、寺社奉行経由に決定したとの情報が入った。

本来、芝神明門前横丁や長屋は町奉行の所管であるが、将軍と天一坊との対面儀式は不浄役人で構成する町奉行所などに委ねないとの思惑が見え透いている。寺社奉行は譜代大名が任ぜられ、幕府宗家に対する忠誠度は高い。そこを狙っての寺社奉行への届け出であろう。

現人神にあらせられる天一坊様に対し奉り、第八代将軍吉宗様が親子の対面をする、という筋書までができているという。そんな恐るべき宣伝活動《プロパガンダ》の存在も聞こえてきた。

なんとしても、この対面への動きは阻止しなければならない。

英次郎が「決行」を命じた。おそでを除く英次郎一統七名に馬（かさね）一頭、及び祖式弦一郎が組織した岡っ引きや下っ引きなどの私設部隊三十数名が動員された。

弦一郎は南町奉行所付同心であるが、臨時廻りに属しており、私設部隊であれば奉行所の出番にはならない。

「赤穂浪士の討ち入りだな」

その夜、浪士の討ち入りのときのように雪こそなかったが、秋は深く、凩《こがらし》が江戸の街衢《がいく》を吹き抜けた。

刻《とき》は丑《うし》の三点《さんてん》（午前二時～午前二時半）。客があったとしてもすでに帰り、天一坊は腕の立つ付け人たちに護られて眠りこけているにちがいない。

そこを狙って英次郎一統と弦一郎の私設部隊あわせて約四十名が集結した。一人たりとも逃がさないために約二十名は外郭を警備し、残りの二十名が長屋に討ち入る。水も洩らさぬ布陣であった。

第一次天一坊の時の取り巻きは遣い手が多かった。今回も天一坊を護り抜くため、遣い手を揃えているであろう。

英次郎と弦一郎は、天一坊の取り巻きが、尾張から派遣された〝辻斬〟斬りにちがいないと睨んでいる。

澄みきった空に、折から満ちた月が凩に磨かれていた。

月光皓々《こうこう》として、凩が虎落笛《もがりぶえ》を奏でる。

「討ち入り隊、行け」

英次郎の采配と同時に、討ち入り隊は長屋に突き進んだ。

「一人として生きて逃がすな」

英次郎の命令一下、すでに英次郎一統と、弦一郎率いる私設部隊の者は、芝神明門前横丁の長屋に立てられた雨戸を片っ端から蹴り倒し、蹴破り、また大槌《おおづち》で打ち破っている。

寝入ったところを叩《たた》き起こされた天一坊の取り巻きたちが、寝巻のまま飛び出してきた。

「応戦せよ。現人神を護れ」

一味の指揮官らしき者は落ち着いている。

不意を突かれ、枕を蹴飛ばされて驚いたものの、天一坊の取り巻きたちは、立ち直って激しく応戦してきた。

集団戦に慣れており、応戦部隊と天一坊護衛部隊の二隊に分かれ、激しく抵抗してきた。

「一人たりとも生かして逃がすな」

英次郎が再度命じた。

英次郎一統および弦一郎は一騎当千であって、天一坊護衛の者など敵ではない。取り巻きが寝巻の下に手甲《てっこう》、臑当《すねあ》て、膝当《ひざあ》てと、いずれも鎖《くさり》を縫い込んだ武装をしているのは、さすがであった。そしてそれぞれが長刀《なぎなた》や槍を手にしている。

たちまち、凄まじい白兵戦が展開した。

「散るな。兵力を集めて護れ」

ひときわ鋭い剣を振るっている指揮官らしき者が、安定した声で叫んだ。

取り巻きはいずれも相当の遣い手で、私設部隊の者は蹴散らされている。

「辻斬のようなわけにはいかぬ」

英次郎の言葉に、応戦中の取り巻きは一瞬、ぎくりとしたようである。

血の臭いとともに、刃が嚙《か》み合う鋼《はがね》の臭いが空間に舞った。その瞬間、弓音鋭く矢が空を切って飛来した。

「気を付けろ。弓があるぞ」

主膳が叫んで、空を切り裂く矢を隻手《せきしゅ》一刀の下に斬り落とした。

間を置かず、貴和の糸刃が旋回して相次いで飛来する矢を、ほとんど同時に斬り落とした。

息を吐《つ》く間もなく、村雨が弓の射手に手裏剣を投げた。

矢が沈黙すると同時に、祖式弦一郎は飛燕一踏流《ひえんいっとうりゅう》を遣い、指揮官らしき者の伸びきった利き腕を斬り落とした。骨を断つ手応《てごた》えがあった。

指揮官らしき者は少しも慌てず、肱から噴出した血の柱を弦一郎の眼に浴びせた。

弦一郎は、眼をつぶる前に捉えた相手の位置を瞼《まぶた》に描いて、第二の刃《やいば》を唐竹割《からたけわり》の要領で一気に斬り下ろした。

ずん、と骨を断つ手応えとともに、血が豪雨のように飛び散った。

指揮官を失って取り巻き勢はたじろいだが、一人として逃げようとする者はいない。

「天一坊様を護れ。どんなことがあっても、天一坊様を敵手に渡してはならぬ」

指揮官に次ぐ付け人が叫んだ。

「付け人は天一坊の周りに集まっておる。彼らにとって天一坊は、生きるよすがなのだ。天一坊を失えば、彼奴《きやつ》らの人生も失われる。だから必死なのであろうが、決して逃がすな。江戸の仇《かたき》は江戸で討て」

英次郎の言葉が敵の急所を突いた。天一坊があって彼らの人生はある。

尾張から派遣された〝辻斬〟斬り集団は、吉宗の御落胤と称する天一坊を擁して、江戸に尾張の橋頭堡《きょうとうほ》を築こうとしていたのかもしれない。当座の拠点として芝神明門前横丁の長屋を選んだのも、慎重な思慮である。

〝辻斬〟斬りを通して江戸の八百八町に通じ、芝神明門前横丁は東海道品川の宿にも近く、名古屋から江戸への出入りに好都合と考えたのであろう。

だが、腕達者な取り巻きたちは、尾張のためではなく、自分たちの人生のために天一坊を護衛しているのである。

長屋は母屋を囲む形で東・西・南と三方に連なっている。長屋の中央に位置している母屋がもとは大家の居所であったが、大家は東・西・南、いずれかの長屋に移されているのだろう。

戦況は乱戦になっていた。長屋側の付け人は頑強に抵抗して私設部隊の者を斬り崩しているが、英次郎一統および飛燕一踏流の祖式弦一郎は母屋に集合、兵力を凝縮させた。

「江戸の仇は江戸で討て」と英次郎が命じた通り、江戸で〝辻斬〟斬りを恣《ほしいまま》にした尾張派遣の暗殺者たちを一人も生きて帰さぬと、強固な使命感に燃えている。

最終的に、煮詰められた戦闘の舞台は母屋になっていた。

この間、天一坊が逃げる隙間は、時空ともにない。

東・西・南、その間を結ぶ庭に分散していた私設部隊の者も母屋に集まってきた。

母屋の内から火縄の臭いが漂ってきた。

「心せよ。彼奴ら銃《つつ》を持っておる」

禁忌《きんき》武器として使用を禁じられている、銃器を持っているらしい。

正義と使命の間で

江戸に幕府が開かれて以降、銃器は、海外からの輸入や、国内での製造を禁止されている。

それでも付け人たちは密かに、どこで手に入れたか、隠し持っているらしい。

銃器対刀槍では、勝敗は端《はな》から決している。

だが、次の瞬間、村雨が掌に入るほどの小さな黒い球形の石のような物体を母屋に向けて投げつけた。

轟音とともに、厚い雨戸によって閉鎖されていた母屋の一部が吹き飛んだ。

それは黒い火薬を用いて忍者が作り上げた、今日の手榴弾《しゆりゆうだん》に相当する球形の炭団《たどん》爆弾に、元海賊が工夫を加えた新式の爆裂弾であった。

厚い雨戸が吹き飛んだのを見て、さすがの付け人たちも炭団爆弾の威力に驚いたらしい。

炭団爆弾は一個だけでなく連続的に母屋に投げ込まれ、英次郎一統と、弦一郎率いる私設部隊の者たちは喊声《かんせい》を上げて母屋の内に殺到した。

「狙うは天一坊のみにあらず。一人も逃さず、その場で成敗せよ」

英次郎が命じた。

本来であれば生かしたまま捕虜にするところを、一人残らず「斬れ」という容赦のない命令であった。

英次郎の過酷な命令は大御所の命令である。第一次の天一坊は捕縛した上で町奉行所が処分を下し、御落胤云々《うんぬん》という話は闇に葬ることができた。だが、再び天一坊を捕らえて裁くとなると、一体どういうことかと、奉行所内部はおろか幕閣にも伝わって不審を持たれないとも限らない。それを案じて、元影将軍の大御所は英次郎に「斬り捨てるのみ」と密命を下したのである。

乱戦は屋外から屋内に移った。

屋内での戦いは白兵戦にならざるをえない。

長屋に囲まれた母屋は広い。

屋外は月の光の下にあったが、屋内は暗黒であった。月の光は屋内に届かない。

ざざっと腥《なまぐさ》い血飛沫《ちしぶき》が跳ね上がっても、彼我《ひが》（敵味方）いずれか、あるいは双方ともに斬られたか、確かめる術《すべ》はない。

さすがの貴和も、暗黒の中に糸刃は飛ばせない。

だが、英次郎一統や弦一郎は鋭敏な五感に恵まれていた。

闇の中でも見える視力に加えて、わずかな息づかいや匂いからも彼我のちがいが見分けられ、聞き分けられ、嗅ぎ分けられた。

主膳が、いつの間にか刀を鞘《さや》に納め、どこで拾ったのか手槍《てやり》（短槍）を持って屋内戦に参加している。

暗黒の中で斬り合いがつづき、混戦となった。だが、天一坊の所在を探り当てられない。

絡み合う白刃《はくじん》が火花を発し、一瞬、屋内の視界が開けても、天一坊は見当たらない。

弥ノ助と銀蔵が見つけ出した燭台《しょくだい》に火を点じて、適度な距離に置いていった。

暗黒の屋内が急に明るくなった。

地の利では不利だった英次郎一統および弦一郎らは、一挙に優勢に立った。

英次郎が燭台の光を伝い、仏間らしき部屋に入った。

仏間では、若い僧侶体《てい》の男が一人震えていた。

「拙《せつ》は仏に仕える者。お許しください」

男は震えながら言った。

僧服を纏《まと》い、青々とした頭、年齢は二十歳未満と見た。

一瞬、天一坊が化けていると英次郎は疑ったが、香《こう》（線香）の匂いが染みついている。仏壇に香は焚《た》かれていない。似非《えせ》坊主ではないと、英次郎は考え直した。

そこへ意外なものが登場した。一匹の猫である。猫は、仏壇の下の仏具を収納する下段の扉をしきりに引っ搔いた。英次郎の五感がそれを捉えないわけはなかった。

英次郎は仏壇の下段の扉を開いた。すると、刃が夜空を斬る流星のように下から上へ薙《な》ぎ上げられた。

髪一筋の差で躱《かわ》した英次郎が、間合いに入っていた仏壇の下を刀で鋭く突くと、確かな手応えが伝わってきた。

下段から一人の若い男が血みどろになって這い出してきて、動かなくなった。

「天一坊……」

英次郎はおもわず口中につぶやいた。

いつの間にか傍《かたわ》らに控えた貴和が、持っている忍者笛を吹いた。

天一坊を発見したので、集合せよ、という合図である。

天一坊の最期とともに、付け人たちは戦意を失った。最早《もはや》、戦っても意味がない。つぎつぎに討ち果たされていった。

ここに、第二次天一坊（本物）は〝退治〟された。

天一坊の死によって、吉宗の足許《あしもと》を脅《おびや》かした根は断たれた。天一坊の父親が紀州の由緒ある侍であるとの文書が残されていようと、作り話とされるだけで証拠にはならない。

指揮官の大倉兵部少輔をはじめ付け人たちもすべて討ち取られており、死人に口なしで、主張の証人にはなれない。

英次郎は、ただ一人生きて仏間で震えている坊主に対して、

「香を焚け。経《きよう》を上げよ。成仏せよと祈れ」

と命じた。死んでしまえば敵も味方もない。

戦いは終わった。

英次郎は、むなしさをおぼえた。大御所の密命であったとはいえ、問答無用で天一坊を斬った感触が、いまだ手に残っている。おそでには話せない。どんな理由があろうと、人が人を殺したのだ。

だが、殺《や》らなければ、自分が殺られる。英次郎が生きてきたのはそんな密林の法則

が支配する世界である。

密林の戦いには、本来、正義も不正義もない。

動物が戦うのは生きるためだが、人間は生きるために戦うわけではない。富の奪い合いや、権力の獲得、拡大、そして維持、異なる考え方に対する自らの正当性を主張するために戦うことが多い。そして戦いに勝った者が正義を標榜《ひょうぼう》する。

しかし、と英次郎は宙を見つめる。

正義とはなにか。正義とは戦いの勝敗によって決まるものなのか。

此度《こたび》は大御所の密命によって天一坊を殺害したが、これを正義と断定はできない。

正義があるとすれば、おそでの生き方こそがそうだろう。

(これ以上、人を殺傷しないで)

おそでの声が聞こえる気がする。

だが、おそでと自分とは、託された使命が異なる。

英次郎は、命令によって人を殺すことを拒めない。

これまで稀代の名君・影将軍、そして大御所の護衛役として幾度となく人を殺すことを奉命してきた。

正義があろうと、なかろうと、使命を果たすことが自分の任務であり、だからこそ使命であった。

そのように考えると、おそでと自分との距離がますます開いていく気がする。

おそでから距離を縮めてくることはない。

自分は、おそでの美しい正義とは正反対の道を歩んできた。自分の人生に、正義はないのである。

生き残れば生き残るほど、英次郎から正義は遠ざかっていく。それでも生きなければならない。

正義はなくとも、天一坊がこの世から消え、尾張から派遣された刺客はいなくなった。

ここに吉宗の将軍の座は盤石《ばんじゃく》となったのである。

吉宗の政治に向き合う姿勢は確保された。

天下の将軍として全国諸大名に君臨することで、吉宗の節倹中心主義政治は実行に移されたのであった。

節倹第一の吉宗にも、驚くほど気前のよいところがあった。

第二次の天一坊事件以後、吉宗は大奥の中に一目惚《ひとめぼ》れした女中がいた。彼は迷うこ

となく側近の小姓に命じて、自分の身辺にかしずく（側室になる）ように間接的に交渉したが、その女中には、

「ありがたきお言葉と心より存じ奉りますが、すでに親が定めた許婚者《いいなずけ》が祝言を待っておりますので、お受けできませぬ」

と、断られてしまった。

大奥の歴史から見れば、将軍に名指しで褥《しとね》に侍《はべ》るようにと命じられたら絶対に断れないが、袖《そで》にされた吉宗は少しも気にせず、

「それはめでたいこと、この上ない。其《そ》の方《ほう》の幸せを祈る」

と宣《のたま》い、祝儀《しゅうぎ》だといって三百両を与えた。

大奥始まって以来の経緯《なりゆき》に、大奥以下表向《おもてむき》までが仰天した。

本来なら大立腹し、側妻《そばめ》への出世を断った女中をその場で斬り棄ててもおかしくない話である。にもかかわらず、女中の言い分を聞き分けた上に、祝儀三百両を与えた吉宗の度量と優しさに、話を聞いた者すべてが感嘆して、吉宗の株が上がった。

この〝事件〟は、将軍宣下と前後して大奥を改革した際、美女に暇を出し、醜女《しこめ》のみ大奥に残留させた〝美談〟とともに有名になった。

その吉宗から、英次郎一統に驚くべき要請が舞い込んだ。

吉宗は、節倹中心主義の強い姿勢を見てもわかるように、金のかかることはつとめて省いていたが、一つだけ省けない趣味があった。鷹狩《たかが》りである。

鷹狩りは、治《ち》に居《い》て乱を忘れずの心構えを維持するため、鷹匠《たかじょう》によって訓練された鷹を野へ放ち、野鳥や兎《うさぎ》、狸《たぬき》などの小動物を捕らえる狩猟である。

代々の将軍においても将軍専用の鷹場《たかば》があり、歴史のある鷹場としては葛西《かさい》、岩《いわ》淵《ぶち》、戸《と》田《だ》、中野《なかの》、六郷《ろくごう》、品川の六場があった。

吉宗は「生類憐みの令」が展開される中で廃《すた》れていた鷹場を復旧し、鷹狩りを復活させた。

廃れた鷹場の復旧には相当な資金を要したが、熱心に鷹狩りを行なった。あまりにも熱心な吉宗を、

――上（将軍）さまのお好きなものは、御鷹狩りと下の難儀――

と庶民は皮肉ったが、江戸を囲むように設けられた鷹場は、いったん事あれば江戸の防衛地になると算段してのことでもあった。

鷹狩りで特に必要な〝従者〟は馬であった。鈍馬では獲物に追いつけない。そこで目をつけた馬が、英次郎一統のかさねであった。

吉宗が中野筋へ鷹狩りへ向かう途中、馬場の一つに英次郎一統が集まり、かさねを

交代で走らせているのを目に留めたのがきっかけだった。不意に姿を見せた将軍一行に、一統は慌てて馬場を退散したが、吉宗があの者たちは何者かと供の者に尋ねた。恐らく陰の御用を承っている者たちかと存じます、と供の者は答えた。だが、吉宗は彼らの素性以上に、素晴らしい走り姿で疾駆していたかさねを瞼《まぶた》に焼き付け、魅せられてしまったのだった。

吉宗は自ら設けた御庭番に一統の素性をより詳しく調べさせ、三代前の将軍であった大御所様直属の陰の者たちらしいと報告を受けた。そこで吉宗は大御所様へ書状を送り、丁重に願って了解を得た上で、一統の頭であるという英次郎に、かさねと弥ノ助を貸すよう使いを立ててきた。

かさねと弥ノ助は二身で一体、引き離されては、存分の活躍ができない。できないというよりは、しなかった。

さらに吉宗は、御駕籠口《おかごぐち》に直接英次郎を召《よ》び、かさねを貸してくれと、頭を床にこすりつけるようにして要請した。英次郎にそれを断る理由はまったくない。たとえ理由があったとしても、将軍の要請は断れない。

「将軍のお名指しである。行ってくれ」

英次郎は、かさねの鬣《たてがみ》を手で叩きながら頼んだ。

「弥ノ助、お主にも頼む」

これまで一統と行動をともにしてきただけに、将軍御側《おそば》に召されるのはつらかった。

将軍からのかさねと弥ノ助の徴用に、英次郎以下、おそで、主膳、道之介、村雨、貴和、銀蔵、また、おそでから手当て所の主任を委嘱《いしょく》されたちさなども涙ぐみながら、

（一生の別れというわけではない。御鷹場で将軍御側に侍るだけだ）

と、自分たちの胸に言い聞かせた。

一生の別れではないとはいうものの、将軍御側ともなれば、簡単には一統に会いに来られない。

だが、将軍の鶴の一声によって、一統は二つに割れることになった。

「案ずることはない。上様とて常に鷹狩りはされまい。おそでさんも馬医として、しばしば召し出される。おそでさんを介して、かさねも弥ノ助も、狩りのないときには会える。

すでに何度か試乗なさったところ、上様とかさねは相性が良く、他の者に対しては前脚を跳ね上げて乗せぬのに、上様が近づくと首を下げ、騎乗を待っているそうだ。

上様が、かさねとともに我らが一統に加わられたとおもえば、よいではないか」

英次郎が言った。

狩りのないときには会えるといっても、いつお召しが来るかわからない。狩りと限らず、菩提寺《ぼだいじ》などへの参詣時や重臣の家に御成りになるときなどに、かさねの背に跨がり、弥ノ助に手綱《たづな》を取らせることもあるだろう。

かさねと弥ノ助は城内に居所を与えられ、勝手に城外に出ることはできなくなった。

江戸の治安は安定し、英次郎一統にとっても、〝辻斬〟斬り事件や、二度の天一坊事件は遠い昔話になった。

元禄期のように新鮮で潑剌《はつらつ》たる気はなかったが、節倹《せっけん》中心主義の下、江戸の社会も人心も落ち着き、治安が安定したことで、女性が夜中でも歩けるようになった。

爛熟《らんじゅく》と頽廃《たいはい》を選ぶか、手堅い節倹の下での安全な生活を選ぶか、と問われれば、四民は後者を選ぶようになった。

大御所はときどき、英次郎一統を召び集めて世間話に寛《くつろ》いだ。

「最早、余《よ》の出番はない。余の出番がないということは、天下が最も美しい姿を保っているということだ。其の方どもにも出番はあるまい。余にはそれがとても嬉しい。其の方どもがいちいち召集されなくとも、天下は安定している。それが余の望みであった。其の方どもの働きのおかげである。おそでも、戦いや辻斬などによる傷の手当てをする必要がなくなったと喜んでおる。あとは四民の安定した人生を引き延ばすのが、おそでの使命となった。愛《う》いやつじゃ。余も、おそでによって寿命を延ばしてもらっておる。其の方どもも、おそでがいる限り、ただ一度の人生を全《まっと》うし、畳の上で死ねるであろう。

そうそう、吉宗が、余の屋敷に来たいと、言ったそうな。余は、将軍が先々代の用なし者の屋敷に成るとなれば、かなりの費用がかかる。吉宗の 政《まつりごと》の下、左様な費用は使わぬほうがよいと辞退した。吉宗も、余の要望をありがたく受け入れたようだ。

だが、鷹狩りは止《や》められないようじゃな。それも尤《もっと》もなことじゃ。鷹狩りと称しておるが、吉宗は単に鷹を追っているわけではない。鷹狩りをもって江戸を囲む地域の治安維持および謀叛《むほん》の抑制を狙ったものであろう。いかにも吉宗らしいやり方である……」

などと、話題は楽しげに尽きることがない。

「其の方どもの出番がなくなったことこそ、其の方どもの勲功《いさお》である」という言葉が心に深く刻み込まれた。

これまで大御所に命じられて、幾人の命を奪ったか。

その都度、おそでから、どんな人間であろうと、敵であろうと、人の命を奪ってはいけないと、諌《いさ》められた。

「病める者を見てこれを救おうと思うことが医術の本源である。医術は常にその思いを忘れてはならない」

おそでから聞かされた医術の精神に反する人生を、どれだけ送ってきたことか。

大御所は、自ら発した命によって英次郎一統が殺した人間たちを、密かに成仏するように祈っているらしい。仏間の方角から線香の匂いが流れてきた。大きな仏壇を満たす多数の位牌《いはい》が、ちらりと視野に入った。

大御所は、自分が下した密命による死者を心の奥に祀《まつ》っている。

吉宗の治政が始まって戦いは終わり、新しい日輪《にちりん》が昇った。その日輪の下、影将軍だった大御所も、英次郎一統も無用になったのである。

英次郎は複雑な心境であったが、最早、密命は下らないと知って、人生の重い荷物を下ろしたような気がした。一統も同じような気持ちらしい。

つづいてもう一つ、大きなイベントがあった。江戸湾に繫留《けいりゅう》されている間に少しずつ傷んでいた「アルバトロス号」の修理が完了して、元海賊たちがその愛船に乗って母国へ帰ることになったのである。初めは江戸での暮らしが気に入って、永住を希望した元海賊たちだったが、ときが過ぎるにつれて故郷忘じがたく、全員で相談して帰国することを決めたのである。

「お主たちがいなくなると、寂しくなる」

江戸湾から母国へと船出することになった「アルバトロス号」に視線を向けながら、英次郎一統は、船長織座《おりざ》連《れん》、水夫《か こ》長冠《かんむりた》太郎《ろう》以下乗組員たちと抱き合い、手を握り合い、なかなか離れることができなかった。

それぞれが日本の文化と異国の文化を交換し合い、心身両面の土産物をたっぷりと積み込んでの新たな旅立ちであった。

抜錨《ばつびょう》後、「アルバトロス号」は水平線へと舳先《へさき》を向けた。見送りの英次郎一統ほか江戸っ子たちが艀《はしけ》に乗って江戸湾狭しとばかり追いつづけたが、次第に距離が開き、「アルバトロス号」は白い雲の沸き立つ水平線上の一点となって見えなくなった。

「アルバトロス号」の甲板《かんぱん》に元海賊たちも並び、声を限りに「サヨナラ」と叫んでいたが、その声もいつしか海原《うなばら》に呑まれて聞こえなくなった。

「いずれ我々も、教えてもらった異国の造船術を活用して船を造り、彼らが向かった異国へ追って行こうではないか」

と、あらゆる文書を集め、読みこなしている道之介が言った。

水平線の彼方《かなた》には、まだ行ったことのない異国が扉を開いて待っているであろう。

青い空の果てに未知の異国が待っているとおもうと、流れる白い雲が自分たちを未知の国へと誘っているように見えた。

群青《ぐんじょう》の空に浮かぶ白雲に曳かれ、水平線に吸いこまれるように消えて行った「アルバトロス号」は、今ごろどのあたりにいるのか。

やがて母国に辿《たど》り着いたとき、日本をどのように伝えるのであろうか。

彼らが日本を思い返すとき、彼らが見つめる水平線の上にもきっと、青い空の色に染まるような白い雲が、過ぎし日々を甦らせて流れていることだろう。

ひとたび母国に帰れば、日本は遥《はる》か東方の、彼らにとっても異国である。

「行ってしまったな」

艀から陸に上がってからも、いつまでも水平線の彼方に視線を固定している道之介が、寂しげに言った。

ひひん、という馬の嘶《いなな》きがして振り向くと、おそでを背に跨がらせたかさねが、弥ノ助に手綱を取られて岸壁に立ち尽くしていた。城内から駆けつけたらしい。おそでは元海賊たちの健康を診てまわり、かさねは元海賊たちを乗せて江戸の町を見物させたこともあった。

ひひん、と嘶いたかさねの声が、「アルバトロス号」と呼んでいるように聞こえた。

吉宗の享保の改革により幕府財政は、享保七年（一七二二）から十六年（一七三一）までの十年間に米約三万五千石、金約十二万八千両、つづく享保十七年（一七三二）から寛保《かんぽう》元年（一七四一）までの十年間で、米四万八千石と金約三十五万四千両という黒字を計上した。

これに対し尾張藩では、先代徳川継友《つぐとも》の跡を継いだ宗春《むねはる》が、過大な浪費の末に、早くも享保十六年（一七三一）には金二万七千両の赤字を出した。幕府から退隠《たいいん》を命じられる前年の元文《げんぶん》三年（一七三八）には、金約七万四千両と米約三万六千石の赤字を出した。

紀伊国屋文左衛門は深川八幡《ふかがわはちまん》一の鳥居の北側に移り住み、その人生を終えた。影も前後して、おそでに看取られて、徳川五代将軍の影武者役を務めながらも、その正体を隠したまま、人生を果たし終えた。

英次郎一統こと流英次郎、影武者養成役立村家の息子で文書調べの天才・立村道之介、稀代の剣客・雨宮主膳、変装の名人で絶世の偽装美女・貴和、猿蓑衆の一人・村雨、掏摸《すり》の名人で薬草に詳しい銀蔵、情報収集の達人で元雲助の弥ノ助、彼が飼っていた名馬かさねのその後は、知られていない。

おそで一人だけが、八代吉宗の主治医であることを城中に知られている。

彼女が歩いたその後の道は、悪道ではなく、善道であった。

解説

成田守正（文芸評論家）

本書『悪道　最後の密命』は、『悪道』『悪道　西国謀反《さいごくむほん》』『悪道　御三家の刺客《しかく》』『悪道　五右衛門《ごえもん》の復讐』ときた〝悪道シリーズ〟の五作目、最終巻にあたる。

徳川綱吉《とくがわつなよし》は延宝《えんぽう》八年（一六八〇）に五代将軍の宣下《せんげ》をうけ、宝永《ほうえい》六年（一七〇九）に死去したというのが既知の歴史だが、本シリーズでは元禄《げんろく》十四年（一七〇一）、つまり赤穂浪士《あこうろうし》が吉良《きら》邸に討ち入った前年に、寵臣柳沢吉保《やなぎさわよしやす》の邸内で急死し、その後は影武者として教育されたそっくりさんが「影将軍」の座につく、という設定となっている。その決定には柳沢吉保の思惑が働いたのだが、影将軍はその思惑に反して、それまで本物が発した〝生類憐《しょうるいあわれ》みの令〟を骨抜きにするなど善政に舵《かじ》をとりはじめ、柳沢を慌《あわ》てさせる。一方で、将軍駕籠《かご》に随行してきて綱吉が偽物とすりかわったと察した伊賀者・流英次郎《ながれえいじろう》、臨終の脈をとったあとに殺害された典医の娘・おそで、影武者を育てたゆえに口封じされた影奉行の子息・立村道之《たつむらみちの》介《すけ》の三人が、秘密を知る者として柳沢吉保麾下《きか》の刺客《しかく》集団に追われ、逃避行を余儀なくされる。しかしたびたびの危地を脱して江戸に戻った流英次郎は影将軍と面会、「余は万民が幸せになるべく、政《まつりごと》を改めたいと願っている。だが、余の政を快くおもわぬ者も多い。天下の大計《たいけい》は一朝一夕《いっちょういっせき》にしては成らぬ。為政者に値する者に後継するまで、余の責務を全うせねばならぬ」と告白され、自らを護衛するよう要請される。かくして、流英次郎ら三人に加え、逃避行中に仲間となった元雲助《くもすけ》・弥《や》ノ助《すけ》、元野盗頭目《とうもく》の剣客・雨宮主膳《あまみやしゅぜん》、元掏摸《すり》・銀蔵《ぎんぞう》、名馬のかさねが、影将軍の直衛役として活動をはじめる。さらに医業の申し子たるおそでが、じつは影将軍の落とし子、つまり実の娘だったとわかる。

と、ここまでが第一作『悪道』に描かれていて、第二作以降は各巻、流英次郎ら一統が、影将軍の警護はもとより、影将軍の密命を果たすため、柳沢吉保や御三家による将軍権力奪取の陰謀をはねのけるべく、獅子《しし》奮迅《ふんじん》の活躍をする内容である。その過程で、第一作で暗殺集団・猿蓑《さるみの》衆を裏切って壮絶な死をとげた霧雨《きりさめ》の弟・村雨《むらさめ》、豪商紀伊国屋文左衛門《きのくにやぶんざえもん》の身辺世話人をしていた変装の名人にして絶世の偽装美女・貴和《きわ》が加わり、悪と戦う八人衆が確立する。

悪と戦う団結した数人というスタイルには、森村作品の現代ものに一つの系譜があり、そこに連なる作品とみることもできる。老いて死に体となっていた太平洋戦争の戦友たち七人が暴力団と背後にいる政治家に戦いを挑む『星の陣』（一九八九）、生き甲斐を失っていた元特攻隊員七人が暴力団と黒幕の政治家、政商に〝五十年後の特攻〟をかける『星の旗』（一九九四）、ほかに『星の町』（一九九五）『人間の証明PART・II 狙撃者の挽歌』（一九九七）『誉生《よせい》の証明』（二〇〇三）などがある。ただしこれらは戦う相手が暴力団なり背後にひそむ政治家なりの大小の権力側に属する者たちであって、〝悪道シリーズ〟が逆に権力、〝影〟の将軍とはいえ最高の政治権力者のために戦うという作りは、立場が全く反対といわざるをえない。

森村誠一は戦後政権にたいする反権力の視点を作品に反映させてきた。にもかかわらず、現代ものと時代小説の違いはあるにしても、権力に与《くみ》する作品を書くという意味はどこにあるのだろう。むろん、〝悪道シリーズ〟は時代アクションの娯楽作品であり、痛快さを堪能《たんのう》してもらえればそれでよいのだが、最終巻でもあるので、その点に触れておきたい。

国家にとって政治の最高権力者とは、それが独裁者の世襲であろうが選挙で選ばれた者であろうが、国民を支配する権利を有する者のことである。令和元年の時点でみれば、アメリカはトランプ大統領、ロシアはプーチン大統領、中国は習近平《しゅうきんぺい》国家主席、韓国は文在寅《ムンジェイン》大統領と、やりたい放題をやっているようにしかみえないが、法の制約があるにせよ、そのやりたい放題ができるというところに政治権力者の怖さ、おぞましさがひそむ。トランプ大統領のように大統領令を濫用して恣意《しい》的、無思慮に権力を行使するにとどまらず、意図すれば権力にとって邪魔な法を除き、反対に自分本位の都合のよい法をつくることもできるのであり、そうなれば、暴走、狂走は止められない。民主主義はそうした暴走、狂走を止めることができるシステムとおもっている人がいるかもしれないが、誤解である。民主主義では、国民は選挙を通して為政者を選ぶことができるというだけのことでしかない。選挙によって為政者は国家を動かす権利である権力を付与されるのであるが、いったん付与された瞬間から、権力は国民に背を向けて行使される。権力者と国民の間は、越えられない深い谷で隔てられているからだ。文句があれば対岸で叫ぶなりデモをするしかないのだが、一国二制度のもと、ぎりぎり民主主義の体裁を保ってきた香港の「雨傘運動」や「逃亡犯条例」改正案撤回運動の経緯などを見れば、その声がいかに届かないかがわかるというものである。民主主義といっても、国民が権力に関われる制度ではないからだ。だから民主主義の国家であっても、暴走、狂走する政治権力者が生まれてしまう。

では、国民にとって好ましい政治権力者とはどのような存在をいうのか。

『黒い神座《みくら》』（一九八八）という作品で、森村誠一の考えをうかがうことができる。

政治家と派閥、政治家と金、政治家と女など、政治権力をめぐる多岐な側面が論及されている長編作品である。

そのなかでかつての与党派閥領袖でいまは隠棲者《いんせいしゃ》ふうに暮らしている人物が、〝民主制下での政治家はどうあるべきか〟を語る場面がある。おおよそ次のようである。

――政治家になるということは、「私」を捨てることである。民主制の下では政治家は政治権力を一時的に預けられた者であって、私物化は許されない。政治が私物化されれば国家は危うくなり、そのツケは国民が支払わされる。政治家はそんなことのないように一片の私心もあってはならず、常に国民の厳しい監視の対象となっていなければならない。政治家は生身の人間ではあるが、神のごとき姿勢が求められる。といっても、神になりきってはならない。神になるということは自分が絶対者になることであって、そうなると国民からの監視はしりぞけられ、国民から預けられた権力を神固有の〝神権〟としてふるうようになる。政治家が神そのものとなったらもはや民主政治とはいえない。すなわち政治家は神のような姿勢を持ち、人間の温かい血を持っている存在でなければならない――。

つまり、神に等しい人間性を持って行動し、常に国民の厳しい監視の対象となっている存在が、あるべき権力者の姿だという。究極、最高権力を握った個人の資質に期待するしかないということだろう。

シリーズ第一作『悪道』で、影将軍から護衛を要請された流英次郎が一同に報告して、道之介から「上様の替え玉に政を託してよいのか」と問われる場面がある。英次郎は、「天下の政は一人の人間、あるいは一系の血脈が独占するものではない。現に徳川家すら豊臣《とよとみ》から天下を奪い、豊臣は織田《おだ》から奪った。天下は私物ではないのだ。（略）本来は神がみそなわすべきものであるが、神は人の目には見えぬ。神に近い者が天下を掌握《しょうあく》し、万民の幸福をみそなわすべきなのだ」と述べ、さらに道之介に「影が神に最も近いといえるのか」と迫られると、「いまの時点では影が最も近い」と答えている。この議論は国民の権力への監視者の意味を踏まえており、そのうえで、影将軍はあるべき権力者の資質を備えていると認め、力になることを決めたのである。

その経緯をもって、作者は流英次郎の一統を、理想の権力者を守る軍団として登場させたといっていい。そこには戦後の政治権力へ異議を唱えてきた作者の、権力者の理想への強い願いがこもっていると、とらえるべきだろう。

五作目となる本書『悪道　最後の密命』は、華やかだった元禄の世は過ぎゆき、影将軍は〝為政者に値する後継〟として西城（西の丸）に綱豊《つなとよ》を擁《よう》し、綱豊改め家宣《いえのぶ》に六代将軍を継がせて引退したあとも、短命だった七代家継《いえつぐ》、八代吉宗《よしむね》の時代まで生きつづける。その間、流たち一統に、辻斬《つじぎり》事件、〝辻斬〟斬り事件を発端にまたぞろ御三家いずれかの息がかかった陰謀に立ち向かわせるというストーリーになっている。引き起こされる陰謀として、江島生島《えじまいくしま》事件がらみと、天一坊《てんいちぼう》事件が据《す》えられている。伝えられる天一坊事件は、享保《きょうほう》十三年（一七二八）に吉宗の御落胤《ごらくいん》を名乗り近々大名に取り立てられると称して取り巻きを集めている人物がいるという訴えがあり、翌年取り調べたところまっかな偽りとわかり、捕えて獄門に処したというものである。ただし本書では、その事件を大胆に、吉宗の将軍宣下があった享保元年（一七一六）にさかのぼらせ、前後二度に分けて描いている。これは森村流の歴史再構成の実践によるものである。

エッセイ「なぜ『忠臣蔵』を書いたか」（『ロマンの珊瑚《さんご》細工』所収）に、森村誠一は時代小説を書くにあたっての自らの心得を、つぎのように書いている。

「現代に生きる人間が歴史的事実の再構成あるいは、それに基づいた物語りを構成するとき、現代の人間としての意識を過去に照射しなければならない。またそれ故に過去の再構成に意義があるのであり、現代人の意識の投影のない過去の再生など、死者を玩《もてあそ》んでいるに等しい」

歴史小説、時代小説が過去の時代を描くものであっても、そこで描かれる物語が、いまわれわれが生きる現代をどう反映し、逆に現代に何を問いかけるかを踏まえなければ、取り組む意味がないというのだ。作家が歴史小説、時代小説に取り組む場合、多くの史料や記録に基づいて、いわば通説のおおすじを出発点に、作者の想像力による新たな解釈を過去に吹き込もうとするが、それだけではだめで、そこに描かれる『その時代』と人間」が、「現代と現代人」のありかたに反照するかたちで取り組むのでなければならない。そのためには過去の出来事を解体、再構成して描くことも、時代小説というものが持つ役割であるとしているのである。

では、天一坊事件を十二年時期をさかのぼらせたうえで二度に分けて描いた意図はどこにあるのだろうか。現代の人間としての意識がどのように照射されたのだろうか。

それは影将軍と流英次郎一統、天一坊とその取り巻きたちの対比であろう。流英次郎一統は理想の政治権力者を支え、監視する立場である。

反して、天一坊一派は単に高い身分を得て権力者にのし上がろうとする者とその余禄にあずかろうとする者の集団である。そして天一坊一派のような悪は繰り返し生まれるというありさまを、本書は、現代に跳《は》ね返らせて問うているのである。

たとえば令和元年においてみれば、日本の現政権は理想の政治権力者といえるのか。エゴイズムとまやかし、すりかえを垂れ流してはばからない不正直な権力者ではないのか。取り巻く与党議員は政策を真剣に監視することのない、無思慮な仲間意識だけの集団と化しているのではないか。それでは国民の意思を代弁する政党とはいえず、徒党というしかないではないか。集団のひとりよがりで動く天一坊一派と本質で違わないのではないか。

と、そんな現権力への疑問をおもい浮かばせもするのである。

本書は二〇一七年九月に小社より刊行されました。

|著者|森村誠一　1933年埼玉県熊谷市生まれ。青山学院大学卒。９年余のホテルマン生活を経て、1969年に『高層の死角』で江戸川乱歩賞を、1973年に『腐蝕の構造』で日本推理作家協会賞を受賞。1976年、『人間の証明』でブームを巻き起こし全国を席捲、『悪魔の飽食』で731部隊を告発して国際的な反響を得た。『忠臣蔵』など時代小説も手がけ、精力的な執筆活動を行なっている。2004年、第７回日本ミステリー文学大賞を受賞。デジカメ片手に俳句を起こす表現方法「写真俳句」も提唱している。2011年、講談社創業100周年記念書き下ろし作品『悪道』で、吉川英治文学賞を受賞する。2015年、作家生活50周年を迎えた。
森村誠一ホームページアドレス　http://morimuraseiichi.com

悪道《あくどう》 最後《さいご》の密命《みつめい》
森村誠一《もりむらせいいち》

講談社文庫
定価はカバーに
表示してあります

2019年10月16日第１刷発行

発行者――渡瀬昌彦
発行所――株式会社　講談社
東京都文京区音羽2-12-21　〒112-8001
電話　出版（03）5395-3510
　　　販売（03）5395-5817
　　　業務（03）5395-3615
Printed in Japan

デザイン―菊地信義
本文データ制作―講談社デジタル製作
印刷―――豊国印刷株式会社
製本―――株式会社国宝社

ISBN978-4-06-515714-5

講談社文庫刊行の辞

二十一世紀の到来を目睫に望みながら、われわれはいま、人類史上かつて例を見ない巨大な転換期をむかえようとしている。

世界も、日本も、激動の予兆に対する期待とおののきを内に蔵して、未知の時代に歩み入ろうとしている。このときにあたり、創業の人野間清治の「ナショナル・エデュケイター」への志を現代に甦らせようと意図して、われわれはここに古今の文芸作品はいうまでもなく、ひろく人文・社会・自然の諸科学から東西の名著を網羅する、新しい綜合文庫の発刊を決意した。

激動の転換期はまた断絶の時代である。われわれは戦後二十五年間の出版文化のありかたへの深い反省をこめて、この断絶の時代にあえて人間的な持続を求めようとする。いたずらに浮薄な商業主義のあだ花を追い求めることなく、長期にわたって良書に生命をあたえようとつとめるところにしか、今後の出版文化の真の繁栄はあり得ないと信じるからである。

同時にわれわれはこの綜合文庫の刊行を通じて、人文・社会・自然の諸科学が、結局人間の学にほかならないことを立証しようと願っている。かつて知識とは、「汝自身を知る」ことにつきていた。現代社会の瑣末な情報の氾濫のなかから、力強い知識の源泉を掘り起し、技術文明のただなかに、生きた人間の姿を復活させること。それこそわれわれの切なる希求である。

われわれは権威に盲従せず、俗流に媚びることなく、渾然一体となって日本の「草の根」をかたちづくる若く新しい世代の人々に、心をこめてこの新しい綜合文庫をおくり届けたい。それは知識の泉であるとともに感受性のふるさとであり、もっとも有機的に組織され、社会に開かれた万人のための大学をめざしている。大方の支援と協力を衷心より切望してやまない。

一九七一年七月

野間省一

講談社文庫 最新刊

川瀬七緒
フォークロアの鍵
民俗学を研究する女子学生が遭遇した「消えない記憶」の謎とは。深層心理ミステリー！

山本周五郎
繁《しげ》あね
〈美しい女たちの物語〉
表題作他「あだこ」など、時代を経ても色褪《いろあ》せない、女の美しさの本質を追求した7篇。

椹野道流
新装版 **無明《むみょう》の闇** 鬼籍通覧
21年の時を超えてシンクロする2つの事件。メスの先に見えた血も凍るような驚愕の真相。

朝倉かすみ
たそがれどきに見つけたもの
人生を四季にたとえると、五十歳は秋の真んなか。大人の心に染みる、切なく優しい短編集。

高橋弘希
日曜日の人々《サンデー・ピープル》
否定しない、追及しない、口外しない。そこで語られる、様々な嗜好《アディクト》を持つ人々の言葉。

豊田巧
警視庁鉄道捜査班
〈鉄路の牢獄〉
駅を狙う銃乱射テロ予告！ 首都圏鉄道網を巧みに利用する犯人を、警察はどう止める？

森村誠一
悪道《あくどう》 最後の密命
伊賀忍者の末裔・流英次郎率いる一統が、将軍後継をめぐる策謀に挑む。シリーズついに完結！

藤谷治
花や今宵の
季節外れの桜が咲き乱れる山で、少年と少女に何があったのか。世界の秘密を巡る物語。

畑野智美
南部芸能事務所 season5 **コンビ**
決めたんだ、一生漫才やるって。くすぶりつづける若手コンビが見つけた未来とは——？

講談社文庫 最新刊

今野 敏
変　幻
公安を去った男と消息を絶った女。同期《あいつら》を救うのは俺だ。警察・同期という愛と青春の絆。

川上弘美
大きな鳥にさらわれないよう
希望を信じる人間の行く末を様々な語りであらわす「新しい神話」。泉鏡花文学賞受賞作。

知野みさき
江戸は浅草2〈盗人探し〉
甘言に誘われた吉原で待っていたものは？ 貧乏長屋に流れ着いた老若男女の悲喜交々！

赤川次郎
人間消失殺人事件
捜査一課の名物・大貫《おおぬき》警部が、今回は休暇中も大活躍。大人気「四字熟語」シリーズ最新刊！

西村京太郎
十津川警部　愛と絶望の台湾新幹線
被害者の娘を追い、台湾で捜査する十津川警部と亀井刑事。戦後、秘密にされた罪とは。

桃戸ハル 編・著
5分後に意外な結末〈ベスト・セレクション〉
累計230万部突破の人気シリーズ。あっという間に読めて、あっと驚く結末の二十二篇。

藤井邦夫
渡世人〈大江戸閻魔帳(三)〉
武士殺しで追われた凶状持の渡世人、その無念は晴れるのか。戯作者麟太郎がお江戸を助く！

長谷川 卓
嶽神伝　風花(上)(下)
戦国乱世武田興亡と共に、甲斐信濃の山河を駆け抜けた山の者と忍者集団との壮絶な死闘《バトル》。

鏑木 蓮
炎　罪
京都で起きた放火殺人。女刑事が挑む、〝人の心を持たぬ犯人〟とは？ 本格警察小説。